猫王子

KASPAR PRINCE OF CATS
卡斯帕

[英]迈克尔·莫波格（Michael Morpurgo） 著

[英]迈克尔·福尔曼（Michael Foreman） 绘 君米 译

U0646550

湖南文艺出版社
HUNAN LITERATURE AND ART PUBLISHING HOUSE

小博集
BOOKY KIDS

KASPAR: PRINCE OF CATS
Text © Michael Morpurgo 2008
Illustrations © Michael Foreman 2008
First published in English in Great Britain by HarperCollins *Children's Books*, a division of HarperCollins*Publishers* Ltd.
Translation © China South Booky Culture Media Co., Ltd. 2023 translated under licence from HarperCollins*Publishers* Ltd.
The author/illustrator asserts the moral right to be identified as the author/illustrator of this work.

著作权合同登记号：图字18-2022-046

图书在版编目（CIP）数据

猫王子卡斯帕 /（英）迈克尔·莫波格（Michael Morpurgo）著 ；（英）迈克尔·福尔曼（Michael Foreman）绘 ；君米译. -- 长沙：湖南文艺出版社，2023.1
　　书名原文：Kaspar: Prince of Cats
　　ISBN 978-7-5726-0857-5

　　Ⅰ. ①猫… Ⅱ. ①迈… ②迈… ③君… Ⅲ. ①儿童小说—长篇小说—英国—现代 Ⅳ. ①I561.84

　　中国版本图书馆CIP数据核字（2022）第167795号

上架建议：儿童文学

MAO WANGZI KASIPA

猫王子卡斯帕

著　者：［英］迈克尔·莫波格（Michael Morpurgo）
绘　者：［英］迈克尔·福尔曼（Michael Foreman）
译　者：君　米
出 版 人：陈新文
责任编辑：吕苗莉
监　制：小博集
策划编辑：马　瑄
特约编辑：王佳怡
营销支持：付　佳　杨　朔　付聪颖　周　然
版权支持：刘子一
装帧设计：霍雨佳
出　版：湖南文艺出版社
　　　　（长沙市雨花区东二环一段508号　邮编：410014）
网　址：www.hnwy.net
印　刷：河北鹏润印刷有限公司
经　销：新华书店
开　本：875 mm×1230 mm　1 / 32
字　数：76千字
印　张：6.5
版　次：2023年1月第1版
印　次：2023年1月第1次印刷
书　号：ISBN 978-7-5726-0857-5
定　价：30.00元

若有质量问题，请致电质量监督电话：010-59096394
团购电话：010-59320018

序

这已经不是我第一次为英国桂冠作家迈克尔·莫波格的作品写导读了。我认为，一位作家心中若没有爱，是不可能写出这样的作品的；我还认为，一位作家心中若没有博大的爱，是不可能写出这些作品的。这就是我对迈克尔·莫波格的评价。

我的评价不仅源于对迈克尔·莫波格作品的了解，更是因为这些作品所涉及的历史背景。这六部作品中《猫王子卡斯帕》以1912年在首航中沉没的泰坦尼克号为背景，《蝴蝶狮》以1914年至1918年的第一次世界大战为背景，《斗士帕科》的背景是1936年至 1939 年的西班牙内战，《花园里的大象》的背景是 20 世纪中期的第二次世界大战，《亲爱的奥莉》的背景是 1994 年爆发的卢旺达内战，《影子》的背景是 21 世纪初的阿富汗战争，六部作品的历史背景时间跨度长达一个世纪。

从中，我们可以清晰地看到，除《猫王子卡斯帕》外，另外五部作品均与战争有关，即便是与战争无关的《猫王子卡斯帕》也是以广为人知的海难——泰坦尼克号沉没为历史背景的。因此可以说这六部作品所讲述的故事代表了亚非欧三大洲的人们所经历的苦难。

迈克尔·莫波格非常擅长从真实的历史事件中取材，将人和动物这些个体生命的故事融入真实的历史事件中，从而大大增强了作品的历史厚度。《斗士帕科》和《花园里的大象》分别取材于西班牙内战中的绍塞迪利亚大轰炸和第二次世界大战中的德累斯顿大轰炸。在《蝴蝶狮》的前言中，我们也可以读到狮子的原型取材于第一次世界大战法国战场发生的真实故事。毫不夸张地讲，在我的阅读生涯中，到目前为止，《蝴蝶狮》是唯一一部只看前言就能让我泪流满面的作品，在前言有限的文字中，作家客观地讲述作品的创作过程，字数虽少信息量却极大，让同为作家的我深受震撼。

在这些作品中，迈克尔·莫波格以他最擅长的笔调，不预设意识形态立场，站在人道主义的高度来书写苦难中的人性，去讲述战争对个体生命摧残的故事。这些个体生命不仅包括人还包括动物，我曾在一篇文章中写过，动物是迈克尔·莫波格作品中必不可少的一分子，他擅长通过描写动物的遭遇来触动人内心中最柔软的部分。《蝴蝶狮》里的狮子白雪王子，《亲爱的奥莉》里的燕子英雄，《斗士帕科》里的小公牛帕科，《猫王子卡斯帕》里的黑猫卡斯帕，《花园里的大象》里的大象玛琳，《影子》里的嗅探犬影子，这些可爱的动物本应无忧无虑地生活，却都因战争或灾难的到来，与它们的人类朋友一样，遭受着苦难。我相信所有的读者在阅读时都会一边读一边默默地为它们祈祷。

细心的读者在阅读中，一定能体会到这六部作品是从迈克尔·莫波格所创作的约一百五十部中长篇作品中精心挑选的，它们分别代表了作家不同阶段的创作风格。《蝴蝶狮》出版于1996年，《亲爱的奥莉》出版于2000年，《斗士帕科》出版于2001年，这三部作品可以看成一个阶段；《猫王子卡斯帕》出版于2008年，《花园里的大象》出版于2010年，《影子》出版于2010年，这三部作品属于另外一个阶段。但无论哪个阶段，迈克尔·莫波格总是能够从适合儿童心理的角度来讲述故事，以人物遭遇或是名字巧合为切入点引出故事，《蝴蝶狮》中的我从寄宿学校逃跑出来后巧遇老妇人，引出当年也是从寄宿学校逃跑出来的伯蒂和他收养的小狮子的故事；《斗士帕科》里的爷爷和孙子在关于各自"说谎"的交流中带出黑色小公牛帕科的故事；《花园里的大象》中的卡尔与故事主人公莉齐的弟弟卡尔利名字相似，引起莉齐的注意及好感，由此带出了大象玛琳的故事；《影子》也是由同为棕白相间的史宾格犬多格带出驻阿富汗英军嗅探犬影子（波利）的故事。我们可以看到迈克尔·莫波格讲述故事的方式，与家长给年幼的孩子讲故事的方式完全一致，使小读者从阅读之初就产生亲近感和真实感。

六部作品除《亲爱的奥莉》外，迈克尔·莫波格均采用他惯用的内视角，即第一人称叙事，这种叙事者本身的个体性感知，能更真切地表现苦难亲历者所遭遇的内心痛苦，更容易同化读者，形成文本强大的张力，这也正是作家一贯的叙事风格。六部作品中《影子》的叙事结构相对复杂，采用了多角度叙事，分别从马特、外公、阿曼的视角讲述故事。多角度叙事要求作家具有高超的写作技巧和强大的把握故事的能力，这种叙事方式在他后期的作品里经常出现，从中我们可以看出迈克尔·莫波格没有停留在自己的创作舒适区，而是在不断地挑战自己、突破自己。

从这些作品中，我们可以看到迈克尔·莫波格对战争一贯的批判和反思态度。《花园里的大象》里的主人公德国人莉齐的父亲、母亲以及伯爵夫人，《亲爱的奥莉》里放弃学业远赴非洲卢旺达从事志愿工作的马特，他们的身上都散发着和平主义者的光芒。其他几部作品中虽然没有出现反战者，却通过战争带给主人公和动物们的苦难来批判战争。尤其是在《影子》中，我们可以发现作家具有强烈的现实动机，作家正是通过作品来表达自己对战争的批判、对现实世界的思考，因为就在今天，在世界上的一些国家和地区仍然还在上演着这样的悲剧。

然而，这并非迈克尔·莫波格这些作品真正的现实意义。当我们读到《影子》中阿富汗哈扎拉族少年阿曼对和平生活的向往、对影子的关爱以及马特一家、英军中士布罗迪对阿曼的帮助时，当我们读到《亲爱的奥莉》中被地雷炸断右腿的马特看到燕子英雄受伤的右脚后萌发出再回卢旺达从事志愿工作的想法时，我们就会发现，作家书写主人公在面对战争和苦难时所表现出的勇敢、坚强、博爱、尊重和宽容才是真正的现实意义所在。

最后，希望我们的读者能够从迈克尔·莫波格这套作品中汲取丰富的精神营养，从而成长为一个勇敢、坚强、博爱和宽容的人。

全国优秀儿童文学奖、2015"中国好书"获得者，

《将军胡同》作者 史雷

2022 年 7 月 22 日于北京西山

献给萨沃伊酒店所有将我们照顾得
很好的善良的人。
迈克尔·莫波格

献给我的兄弟普德——
一位北海的渔夫，一个男孩。
迈克尔·福尔曼

目 录

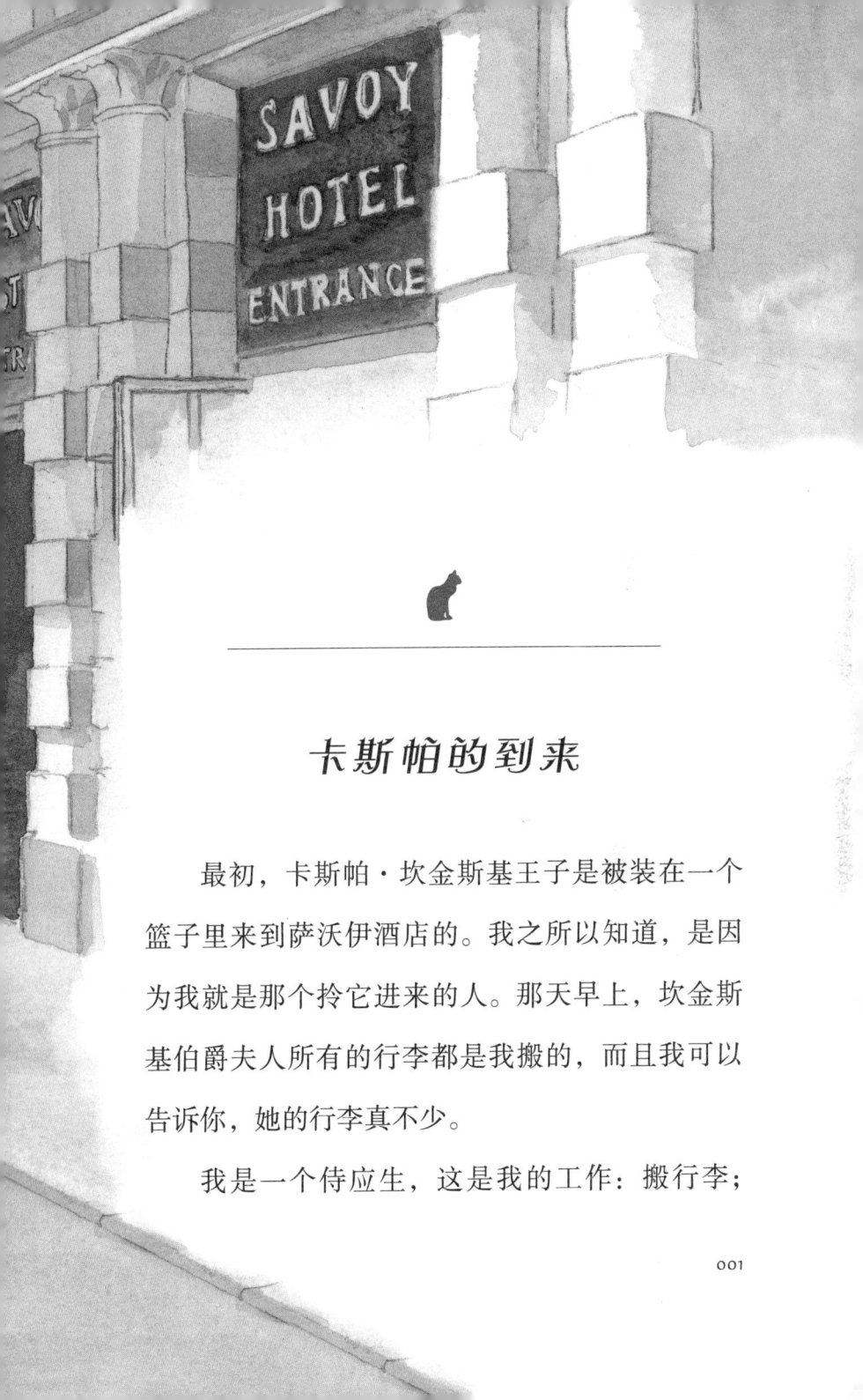

卡斯帕的到来

最初，卡斯帕·坎金斯基王子是被装在一个篮子里来到萨沃伊酒店的。我之所以知道，是因为我就是那个拎它进来的人。那天早上，坎金斯基伯爵夫人所有的行李都是我搬的，而且我可以告诉你，她的行李真不少。

我是一个侍应生，这是我的工作：搬行李；

开门；向遇到的每一位客人问好；发现并满足他们的每一个需求，无论是把他们的靴子擦亮，还是帮他们取电报。我在工作时，必须礼貌地保持微笑，但笑容里的尊敬必须大过友善，此外，我得记住他们每一个人的名字和头衔。其实这并不容易，因为总有新的客人到来。然而最重要的是，作为一个侍应生——一家酒店里地位最低的人，我必须满足客人的任何要求，而且不能有丝毫犹豫。比如，"赶紧的，约翰尼"，或者"机灵点，孩子"，"立刻"去做这个，"马上[1]"去做那个。客人们只需用手指指指我，我就会飞快地去把事情给做了，几乎是立刻，我敢说，尤其是总管家布莱丝太太在附近"巡视"的时候。

作为侍应生的我们总能听出她来了，她走路的时候会像骷髅一样咔嗒作响。那是因为她腰上挂着一大

---

1. 原文为印地语。——译者注（除特别说明外，本书脚注均为译者注。）

串钥匙。当她生气的时候，她的嗓门就像长号一样响亮，而她经常保持在生气甚至愤怒的状态，使我们生活在对她持久的恐惧中。布莱丝太太喜欢被称作"夫人"，但我们（侍应生、客房服务员、厨房员工）都叫她"骷髅头"，因为她不仅走起路来像骷髅一样咔嗒作响，而且长得很像一具骷髅。我们总是尽一切所能地不出现在她眼前。

对她来说，任何一个不检点的举动，不管多么微小，都是极其严重的罪行——没精打采、发型凌乱、指甲不干净等。其中，值班时打哈欠是最严重的一种，而这恰恰是今天早上我被"骷髅头"逮到时正在干的事，就在坎金斯基伯爵

夫人到来之前。她那会儿正好来大堂找我，经过我身边时她语带威胁地低声说："我看见你打哈欠了，小鬼！还有，你把帽子戴得太时髦了。你知道我讨厌戴歪的帽子。戴好它！再打一个哈欠我就抽了你的筋！"

就在我调整帽子时，我看到门卫弗雷迪先生带领伯爵夫人进来。弗雷迪先生指了指我，于是片刻之后，我便跟在伯爵夫人身后，拎着她的猫篮穿过大堂，里面的那只猫大声地哀叫着，很快地，所有人都把目光投向了我们。因为这只猫的哀号声不同于其他猫，它那颤抖的曲调更像是一首哀恸的挽歌，几乎像是人类发出来的。我就站在伯爵夫人旁边，只见她的目光扫过接待处，操着一种浓厚的俄罗斯口音宣布了她的身份。"我是坎金斯基伯爵夫人，"她说，"我想，你们应该为我和卡斯帕准备好了一个套间。窗户一定是要对着河的，并且得有一架钢琴。我给你们发了电报的，我的所有需求都写在里面了。"

伯爵夫人说话时，能让人感觉到她习惯别人聆听她说话，并且遵从她说的话。走进萨沃伊酒店大门的很多人是这样的：有钱人、名人、声名狼藉的人、商业大亨、贵族和名媛，甚至还有首相和总统。我不介意承认，我从来都不会在意他们的傲慢和自大。因为我明白，只要能把自己的感受很好地隐藏在笑容背后，只要能把活干得漂亮，他们中有些人就会给很大一笔小费，特别是美国人。"只管带着微笑，把'尾巴'摇起来。"弗雷迪先生是这样告诉我的。他已经在萨沃伊酒店干了将近20年，所以他很懂这些。这是一个好建议，让我学会了不管客人怎么对待我，我都以微笑面对，并且表现得像一只热情的小狗一样。

第一次见到坎金斯基伯爵夫人时，我以为她不过是一个富有的贵族。但有些事情让我从一开始就很欣赏她。她不是走到电梯那里去的，而是"驶"向那里的，像一艘气势磅礴的船。她的裙子沙沙作响，像被船激起的浪花。她的帽子上的鸵鸟羽毛向后飘扬，像风中的三角旗。所有人，包括"骷髅头"在内，在我们走过时都会行屈膝礼或者低下头，而我发现自己从头到尾都在厚颜无耻地沾着伯爵夫人的光，也跟着优雅和威严起来。

我突然感觉自己站在了舞台中央，变得十分重要起来。作为一个14岁的侍应生，婴儿时就被遗弃在伊斯灵顿孤儿院的台阶上，我并没有多少机会能感受到自己如此重要。因此在我们——伯爵夫人、我，还有依然在篮子里哀号的猫——都进入电梯后，我还沉浸在这美好的感觉中，我想我可能是表现得太过明显了。

"你为什么这样笑？"伯爵夫人皱着眉头看着我，她头上的鸵鸟羽毛随着她的说话声轻轻地晃动着。

我不能对她说真话，所以赶紧编了个说辞。"因为您的猫，伯爵夫人，"我回答说，"它的叫声很有趣。"

　　"它不是我的猫，"她说，"卡斯帕不是谁的猫，它是猫王子。它是卡斯帕·坎金斯基王子，一位王子不属于任何人，哪怕是伯爵夫人也不例外。"接着她微笑着对我说："我告诉你一件事，我喜欢你笑起来的样子。英国人不常笑。他们不笑，也不哭。这是个大错误。我们俄罗斯人，想笑的时候就笑，想哭的时候就哭。卡斯帕王子是一只俄罗斯猫，现在它非常不开心，所以它在哭。我想这应该是天性使然。"

　　"它为什么这么不开心？"我问道。

　　"因为它在生我的气。它喜欢待在我莫斯科的家里，不喜欢出门。我问它：'如果我不出门，要怎么在伦敦的歌剧院里表演呢？'它不听。我们出门的时候它总是很吵，很闹腾。等我把它从篮子里放出来它就会开心起来的。你会看到的。"

　　果然，到了伯爵夫人的房间，卡斯帕一从篮子里爬出来瞬间就安静了。它伸出一只爪子，触摸了一下地毯，然后灵敏地跳出来，几乎立刻就开始了它的探索。我就在那时第一次明白了为什么伯爵夫人说它是猫王子——它从胡须到爪子全身乌黑，没有一丝杂毛，且光滑锃亮，美丽优雅。而它也知道自己很美。它像丝绸一样在地上滑动，高昂着头，尾巴随着步伐摇摆。

在我打算离开房间去取剩下的行李时，伯爵夫人叫住了我。通常这个时候都是客人要给小费了。想到她的头衔、她帽子上的鸵鸟羽毛，还有她那些值钱的行李，我满心期待着一笔慷慨的小费。结果她根本不是要给我小费。

"你的名字，我想知道你的名字。"她一边说一边用夸张的动作摘下帽子。

"我叫约翰尼·特罗特，伯爵夫人。"我告诉她。她笑起来，但我并不介意，因为我很快就看出来她不是在嘲笑我。

"真是一个有趣的名字。"她说，"不过，也许坎金斯基对你来说也是一个有趣的名字。"

这时卡斯帕跳上了沙发，又飞快地跳了下来，开始磨它的爪子。先是在窗帘上，然后在一张扶手椅上。接着它开始巡游整个房间——桌子后面，钢琴底下，窗沿上面……就像一位王子般地巡视它的新宫殿，宣示主权。最后它在壁炉前的扶手椅上安坐下来，盯着我们俩，缓缓地眨了眨眼睛，然后一边舔毛，一边发出心满意足的呼噜声。很明显，王子对它的新宫殿表示满意。

"它看起来很聪明。"我说。

"聪明？聪明？卡斯帕不聪明，约翰尼·特罗特。"伯爵夫人显然很不满意我的这个说法,"它很美,它是全俄罗斯最美的猫,全英国最美的猫,全世界最美的猫。再没有其他猫像卡斯帕王子一样了。它不聪明,但它漂亮极了。你同意吗,约翰尼·特罗特?"

我赶紧点了点头。因为我根本无法反驳。

"你想摸摸它吗?"她问我。

我在椅子旁边弯下身去,尝试着伸出手,用指背抚了抚它正起伏着的胸膛。但我只停留了一两秒钟,我知道,目前,这是它能容忍的极限。"我想它可能是喜欢你的。"伯爵夫人说,"对卡斯帕王子来说,你如果不是它的朋友,那就是它的敌人。它没有抓你,我想你一定是它的朋友。"

当我重新站直时,我注意到她正用一种探询的目光注视着我。

"我在想,你是一个好孩子吗,约翰尼·特罗

特？我能信任你吗？"

"我觉得可以，伯爵夫人。"我回答道。

"这样不够，我需要你非常肯定。"

"能。"我坚定地告诉她。

"那我有一项重要的任务要交给你。我在伦敦的这些日子，你来帮我照顾卡斯帕王子。从明天上午开始，我就要去科文特花园皇家歌剧院排练莫扎特的

《魔笛》了。我是夜之女王。你知道这部歌剧吗？"

我摇了摇头。

"有一天你会听到的。也许哪天我在弹钢琴练习时可以唱给你听。每天早晨吃完早餐，我都必须得练习。我一唱歌卡斯帕王子就会很开心。在莫斯科的家里它喜欢躺在我的钢琴上听我唱，它会摇晃它的尾巴，就像你现在看到的这样。它一这样我就知道它心情很好。但我去排练的时候，你得保证照顾好它，让它开心。你能做到吗？帮我喂它，陪它说话。带它去外面散步，早晚各一次，它非常喜欢。你记住了吗？"

坎金斯基伯爵夫人是一个让人无法轻易拒绝的人。而且事实是，她这么问我的确让我有些受宠若惊。我正想着要怎么兼顾这项任务和我楼下那些工作，同时我也在想她会不会给我一笔不菲的小费，尽管我肯定不敢开口提出来。

当伯爵夫人微笑地看着我，向我伸出她戴着手套的手时，我犹豫了。我从没有跟客人握过手。侍应生也从不跟客人握手。但我知道她是这个意思，所以我握了上去。她的手很小，她的手套非常柔软。

"你和我，还有卡斯帕王子，我们会成为好朋友的。我有预感。现在你可以离开了。"

于是我转身离开。

"约翰尼·特罗特，"她叫了我一声，又笑了起来，"抱歉，你的名字实在是太有趣了，可能是我听过的最有趣的名字。我已经认定你是个好孩子了，约翰尼·特罗特，你知道我为什么这么认为吗？你从没有问过我关于小费的事。这 3 个月我会每周付你 5 先令 [1]——我会在这里的歌剧院待 3 个月。啊，现在你又露出笑容了，约翰尼·特罗特，我喜欢看你笑的样子。我觉得如果你有一条尾巴，你也会像卡斯帕王子

---

1. 先令，英国旧货币单位，1 先令等于 12 便士，20 先令等于 1 英镑。现已废除。

一样摇起来。"

稍后我把她剩下的箱子拿上来，放在她套间的门厅里时，我看到她正坐在起居室里弹钢琴唱歌。我瞥见卡斯帕就躺在她面前，凝视着她，惬意地摆动着它的尾巴。我离开时在门外待了一会儿，就只是听着。那时，我还站在走道里，我就知道这会是我永生难忘

的一天。但即使在我最大胆的梦里，我也不会想到，伯爵夫人和卡斯帕的到来将会怎样永远地改变我的人生。

根本不是约翰尼·特罗特

　　从记事起我就没有母亲，也没有父亲，更没有什么兄弟姐妹，反正我也从没听说过有谁。倒不是说我为自己感到难过，事实上，一个人不会怀念自己根本没拥有过的东西，但会去想。当我还在伊斯灵顿孤儿院时，我经常会想象我母亲是谁，长什么样子，穿什么样的衣服，说话的声音是怎样的。不知为什么我从没费力地想象过父亲。

　　大约是在我9岁时，有一天放学后，我正沿托灵顿路走着，就看见一位漂亮的女士乘着一辆马车经过时碰巧在我旁边停了一下。她穿着一身黑色衣服，我看得出她在哭。我不知道出于什么原因，但我对她笑了笑，她也对我露出了笑容。在那一瞬间我觉得她一定就是我的母亲。然后马车继续前行，渐渐远去了。那之后的几个月我经常梦见她。然而随着记忆中的那个瞬间褪去，梦也渐渐散去了。当然，我还有想象中的其他母亲。她们不一定是尊贵的或者富有的，可我肯定也不愿意相信我的母亲每天要跪在地上为他人擦拭台阶，鼻子和手都被冻得又红又粗糙。总体来说，我的母亲一定是美丽的。她既不能太老，也不能太年轻。她也一定不能有其他孩子。这一点对我来说至关重要，我得是她唯一的孩子。还有就是，她的头发一定要是金色的，因为我的头发是金色的。

短短几天我就把伯爵夫人当成了我的母亲，我想这也是很自然的。因为她有着金色的头发，美丽又优雅，年纪也刚好做我的母亲，而且据我所知她没有孩子。如果她是我的母亲，那我就是俄罗斯伯爵或者王子了——我倒是不在乎具体是哪个。我越想就越喜欢这个想法，越喜欢我的白日梦就做得越多。我会清醒地躺在我那位于用人过道的小阁楼的房间里，不再去管倾斜的屋顶和咕噜响的水管，只管做着自己的梦。我当然知道我想的这一切都毫无道理，但只是去想、去相信就足以让我获得了和真实同等的快乐。回想起来，我敢肯定，就是这种傻傻的幻想，还有每天照顾猫的任务，让我那般期待在伯爵夫人外出排练时进入她的房间。几乎一有机会我就会去，尽我所能，只要不被人发现我不在大堂就行。我拎着行李乘着电梯穿梭于楼上楼下，每一趟都抽出一两分钟去看看卡斯帕。显然，弗雷迪先生注意到了——没有什么事情能逃过他的眼睛。

"你上去干吗了，小伙子?"一次我下来后他问我。

"没什么。"我耸了耸肩。

"好吧，也许有一天，"他说，"你的'没什么'会让你在'骷髅头'那里惹上大麻烦。所以你最好小心点。"我知道弗雷迪先生不会告发我，因为他不喜欢搞那一套。

通常我会在卧室的窗边找到卡斯帕，它坐在那里，看着河上往来的船只。有时也会蜷在起居室里的椅子上睡觉。但不管是在哪里，它都不会多看我一眼，直到我把它的猫粮倒进碗里，而它也正好饿了。刚开始的几天里，我觉得它对待我的态度就像大多数萨沃伊酒店的客人一样，带着某种冷淡的蔑视。我想喜欢它，也想让它喜欢我，但它一直与我保持着距离。我想再摸摸它，但是又不敢，因为它看我的眼神里清清楚楚地写着它不希望我那么做。但我和它说话

是没有问题的——可能是因为它不会回应我吧。当它吃完猫粮躺在椅子上清理自己时，我会微蹲在它旁边，告诉它我根本不是约翰尼·特罗特，而是尼古拉斯·坎金斯基伯爵——俄罗斯的沙皇就叫尼古拉斯，所以我觉得这个名字对我来说很合适。我告诉卡斯帕我其实是伯爵夫人失散很久的儿子，她来伦敦就是为了找我，所以它得表现得对我更尊敬些，即便它也是一位王子，毕竟王子和伯爵之间没有太大差别。

它听着我异想天开的碎碎念，但很快就感到厌烦了，它发出一声巨大的呼噜声，然后就闭上眼睛睡起觉来。然而没过几天，它就让我大吃了一惊，在吃完猫粮之后它突然跳到我的大腿上坐下来。我以为它终于开始拿我当朋友看待了，它一定是相信了我的故事，所以我们现在是朋友了。于是我摸了摸它。

但显然是我想多了。卡斯帕之所以把爪子踩到我的膝盖上，只是为了提醒我谁才是王子。它很快就转身从我腿上跳下去，走到窗户边上坐了下来，望着河上的船只，安静而满意地摇晃着尾巴，便不再理我。我来到它的身边，试图与它和好。

"我也爱你。"我对它说。虽然我语带嘲讽，但我在说这句话时，我是认真的。它是一个不知感恩、目空一切的家伙，一点也不讨人喜欢，但即使是这样我也爱它，并且我希望它也爱我。老实说，有些时候，我很喜欢卡斯帕表现出来的高贵的冷漠。每天在我工作的间隙，我都会带它去河边的公园散两次步。但是要到公园去，我就得牵着卡斯帕乘坐电梯、穿过大堂，从大门出去。我很肯定卡斯帕清楚地知道所有人都在看它、欣赏它。显然它也知道该如何驾驭这种王者风范，像猫王子一样昂首阔步，尾巴也摆动得颇具威严。连我也跟着自豪起来！在我们经过时弗雷迪先生会脱下他的高礼帽示意。我知道这个动作带着些许嘲弄，但也有些别的东西在里面。弗雷迪先生只需看一眼就能分辨出一个人的身份，而卡斯帕王子身份高贵。这一点它没给任何人留下怀疑的余地，就连公园里的狗都明白。一看到卡斯帕，它们就畏缩了，那种要追着猫好好玩一场的念头立刻就打消了。它们会夹着尾巴冲我们叫唤，但也只敢在一个安全的距离外。

卡斯帕让这种威胁变得苍白，它鄙视它们，继而无视它们。

　　大约过了6周或者更久，春天的某一天，在公园的长椅上，卡斯帕第一次向我展现出真实的喜爱之情。那时我坐在长椅上，它就在我旁边晒太阳，我想也没想地伸出手摸了摸它的头。它抬头看了看我，表示很好，然后它笑了，我发誓它真的笑了。我感觉到它用头顶我的手，感觉到它发出了呼噜声。然后尾巴

愉悦地轻轻摇晃。我知道这听起来很傻，但是在那一刻我实在太开心了，我觉得自己都要发出呼噜声了。我看着它的眼睛，那是我第一次看出来它喜欢我，它终于把我当成朋友了。我感到荣幸极了。

第二天早上，我在大堂碰到了急匆匆的伯爵夫人。

"嘿，约翰尼·特罗特，"在我为她拉开大门时她说，"我排练要迟到了。我的人生总是迟到。跟我一

起走，我有重要的事情必须跟你说。"

外面在下雨，所以我一直为她撑着伞，我们穿过斯特兰德大街，来到科文特花园，一只猴子在摇动它的手柄，还有一个水果摊，一位眼盲的士兵在旁边拉手风琴。她停下来拍了拍送煤工的马，那匹马站在马车的车辕间，在雨中低着头，浑身湿透，看上去十分悲惨。当送煤工从酒馆走出来时，伯爵夫人狠狠地斥责了他，并且毫不含糊地告诉他这种天气应该给马盖一张毯子，在俄罗斯，人们对马可要好太多了。那个送煤工说不出话来，他既震惊又羞愧，也无从争辩。我们便继续往前走。

"我很感谢你，约翰尼·特罗特。卡斯帕王子是一只非常快乐的猫，它在伦敦很开心。卡斯帕一开心，我就开心。当我知道卡斯帕是开心的，我唱歌就会唱得更好。这是真的。你想知道我是怎么知道它开心的吗？因为它今天早上对我笑了。它不会经常这样，所以我知道你一定把它照顾得很好。"

我差点就告诉她卡斯帕那天也对我笑了，但她正说得起劲，我不敢打断她。

"因为你让我们俩都这么开心，所以我想邀请你来观看《魔笛》，明天晚上，在科文特花园皇家歌剧院，是第一场。你会来吗？"

我简直不敢相信自己的耳朵，甚至忘了先感谢她。"您是在邀请我吗？"我问。

"为什么不是你？你会坐在最好的位置，第一层楼厅的前排。你可是夜之女王的客人。"

"我非常想去，伯爵夫人，真的很想。"我对她说，"但我去不了。我得干活，一直要干到 10 点。"

"别担心，我已经解决了这个问题。我跟酒店的经理说好了。"她不容置疑地挥了一下手说，"我告诉他你明天不用工作，你有一整天假。"

"可是去歌剧院得穿得很体面，伯爵夫人。"我

说，"我见过很多打扮得很气派、很美丽的绅士和女士。我没有那样的衣服。"

"这个问题我也会解决的，约翰尼·特罗特。你就等着吧，我会安排好一切的。"

她确实安排好了一切。她给我租了一套礼服——这是我穿上的我人生中第一套合身的礼服。直到第二天，当我全身上下焕然一新地站在她的起居室里，而她就站在我对面为我调整领结时，我仍然觉得这一切太难以置信了。我仰着头看着她的脸，满心想的都是想喊她一声"妈妈"，然后紧紧地抱住她，再也不让她走了。

她皱起眉头。"你为什么这样看着我，约翰尼·特罗特？"她说，"我好像看到你的眼睛里有泪水在打转。我喜欢你是这样一个感情丰富的男孩，因为只有这样你才会长成一个胸怀宽广的男人。莫扎特就有着宽广的胸怀，他是这个世界上最伟大的男人。我崇拜那个男人。我要告诉你一件事，约翰尼·特罗特，我没有孩子，也没有丈夫，我只有卡斯帕王子和我的音乐。如果我有一个丈夫，那他一定是莫扎特。我再告诉你一件事，如果我有一个儿子，我希望他能像你一样。这是我的真心话。现在，约翰尼·特罗特，我要挽着你的胳膊，我们去科文特花园。骄傲一点，约翰尼·特罗特，像卡斯帕那样。挺直腰杆，就当你自己是位王子，就当你是我的儿子。"

这一次，当弗雷迪先生看到我走过来举起他的高礼帽时，他没有带一丝嘲弄，只显现出目瞪口呆的震惊。在我们昂首阔步地走过时，整个萨沃伊酒店的大堂陷入了完全难以置信的沉默。我觉得自己有 10 英尺[1] 高，在我们穿过科文特花园市场抵达皇家歌剧院的这一路上，我都这么觉得。

※

我想要记住那晚歌剧院里的每一个瞬间，每一个音符，但我确实做不到。因为它们消失在一种笼统的惊叹情绪中。尽管如此，我还是清晰地记得作为夜之

---

1. 英尺，英美制长度单位。1 英尺 = 0.3048 米。

女王入场的坎金斯基
伯爵夫人，记得
她唱完每一首咏
叹调之后热烈的
掌声，还有在最
后一幕全场起立
给予她的喝彩。事
实上，我太为她感到骄
傲了，这一切也太让我陶醉了，所以我无视周围轻蔑
的目光，把手指放进嘴里，尽我最大力气吹了一个最
长最响亮的口哨。我非常明白我不该这样做，但我顾
不上了。我吹了一声又一声口哨。我站着鼓掌，把手
都拍疼了，一直拍到最后合上幕布为止。

　　那晚我们一起走回酒店时，我抱着她收到的那
些花，几乎看不到前面的路。卡斯帕在等着我们，我
们一回来它就围着我们一直哀号，直到我给它倒了些

奶。伯爵夫人径直走向钢琴，帽子都没摘，就轻柔地
弹奏起来。

　　"这是我每天晚上唱完歌剧回来在我睡觉之前都
会做的事。莫扎特的《摇篮曲》，很动听，对不对？

卡斯帕王子非常喜欢这首曲子。"

像是为了证明这一点，卡斯帕直接跳到钢琴上聆听起来。"约翰尼·特罗特，"她没有停下弹奏，接着说道，"你觉得他们喜欢我今晚的演唱吗？一定要说实话。"

"当然啦，"我对她说，"你没有听到他们的掌声吗？"

"那你呢，约翰尼·特罗特，你喜欢听我唱吗？"

"我从没听过这么美妙的声音。"我说，这是我的真心话。

她停下弹奏，招招手把我叫到钢琴边，伸出手整理了一下搭在我额头上的头发。"现在你该走了，约翰尼·特罗特，已经很晚了。"

第二天，弗雷迪先生和其他所有住在用人过道的人都毫不留情地取笑我。"谁成为一个俄罗斯小伙子了？"他们在我身后喊，"俄罗斯!"无论他们说什么，我都不在意。我还在飘着。那天早上在公园散步时，我对卡斯帕说起了昨晚在歌剧院时的情景，告诉它伯爵夫人怎样征服了在场所有人的心，她会成为伦敦的话题，它应该为她感到自豪。在四周无人时，我还给它吹了一小段我记住的曲子，但似乎并没有打动它。

半小时后我们回到酒店，进门时，我做好了准备接受更多的打趣和嘲笑。我甚至还有些期待。然而在我穿过大堂时，我发现所有人都很奇怪，他们逃避着我的眼神，很明显不再想和我说话。我起先以为他们是生我的气了。后来弗雷迪先生来找我，把我带到一边，我以为他会给我一些建议，因为在我做得不对的时候，他总会这么帮我。

"最好快点结束这一切，约翰尼。"他说，"大约1小时前，伯爵夫人在外面的街上被公共汽车撞倒了，他们说是她直接走到车前面的，没想到会发生这种事。我们都很喜欢她，尤其是你。她对你就像是你的母亲，对吗？约翰尼，我也替你感到难过，她是一位很好的、漂亮的、善良的女士。"

镜子里的魂灵

那天夜里我是哭着睡着的。弗雷迪先生说得对，伯爵夫人对我而言就像母亲一样——虽然我不知道一位真正的母亲究竟是什么样子的，但她一定就是我想要找到的那种母亲。我找到了她，而她现在又走了。我同时失去了我的第一个真正的朋友，第一个对我说喜欢我的人。我再也无法告诉她一直以来我有多感激她。在我的一生中，我从未见过谁的光芒如此明亮，如此耀眼，却又如此短暂。她的去世打击了我们每个人。那之后的一段日子里，整个酒店都陷入一股巨大的悲伤之中。

我不想承认这一点，刚开始的时候我太过沉浸在悲痛之中，完全没去想现在伯爵夫人走了，卡斯帕会怎么样，以及在它身上会发生什么。是弗雷迪先生把我从自怜中唤醒的。

"我一直在留意你，约翰尼，你整天闷闷不乐的，你得振作起来，必须振作起来。你这样也不能让她活过来，不是吗？而且我可以肯定这不是她想要看到的。你知道她想看到什么。她希望你能继续照顾好她的猫，一直照顾下去。如果你一直这样，想想那只猫的感受。所以上楼去吧，约翰尼，去看看它。我听说伯爵夫人的房间至少还会保留 1 个月，已经付过房费了，因此我觉得你有责任去照顾卡斯帕，直到它家里人过来接走它。"

我照他的话去做了。也是在那时我才注意到卡斯帕变得有多么忧伤。也是从那时起，我留意到了一些别的事情。每次我和卡斯帕走进房间时，都能感觉伯爵夫人还在，有时我甚至能闻到她的香水味。还有的时候我确定我听到了她哼歌、唱歌的声音。不止一次，我还会在晚上听到那首钢琴弹奏的《摇篮曲》。而且好几次我都觉得在镜子里看到了她，但是当我一转身，她又消失了。可我知道她就在那儿。我确信。我并不害怕，一点也不，但这让我很困扰，每次走进她的房间我都感到不太舒服。

显然，卡斯帕也感觉到了她的存在。它一点也不像它了。它变得紧张、焦躁、坐立难安。它不再发

出呼噜声，也不再给自己舔毛，而且据我观察，它几乎都不睡觉了。它经常在各个房间寻找伯爵夫人的踪迹，发出凄凉的哀叫声。它不吃东西，也不喝水，很明显是在思念她。我暗暗决定，也许我多带它出去走走，到公园散散步，会让它好一点。它后来喝了公园水坑里的水，真是太好了。

我尽我所能地安抚它。我一次又一次地告诉它，一切都会好起来的。一天，我们一起坐在长椅上时，我信誓旦旦地向它保证一定会照顾好它。但我看得出它并没有在听我说话。它似乎越来越不在乎，似乎越来越不想活下去了。我尝试着用手喂它食物，可它仅仅是嗅了一下就转身走开了。我试过从厨房里偷偷拿来小牛肝，试过把最好的牛肉切成肉粒，都没用。卡斯帕一天天地瘦下去，一天天地失去了光泽。它的毛也开始脱落，我已经没有什么办法能阻止它的衰弱。我心里明白，如果它继续这样下去，只会有一种结

局。现在我失眠的原因不再是哀悼伯爵夫人，而是拼命地想有什么方法能挽救卡斯帕的生命。

就是在这样一个漫长的失眠的夜晚，我想到了一个主意。我突然想到，只有在伯爵夫人的房间里，我才能感受到她的存在，才会感觉自己看到了她的身影。或许卡斯帕也是这样。也许这就是它一直走不出来的原因。如果我能把它带出来，远离她，也许它就能够忘了她了。

　　我脑子里剩下的唯一一件事就是把卡斯帕带到我的小阁楼里，在那里照顾它。这样我也可以多陪陪它。但我也清楚这会有很多问题。就像弗雷迪先生所说的，迟早有一天，伯爵夫人的亲人会来领走她留下的东西，只是没人知道具体是什么时候。但有一点是肯定的，他们也会把卡斯帕接走，而且他们一定认为它就在伯爵夫人的房间里。如果卡斯帕不在那里，他们一定会问我它在哪里，因为现在几乎所有在酒店工作的人都知道我在照顾卡斯帕。我不能说我把它放在我的房间里了，因为我们被严令禁止在房间里养宠物。酒店的规矩十分严格。例如，不能有养在笼子里的鸟、不能有金鱼、不能有猫、不能有狗、不能有老鼠等。事实上，用人房间里不允许有任何形式的朋友，无论是人类朋友，还是动物朋友。违背了任意一条规矩都会被立即解雇——"骷髅头"从来不会展现一丝仁慈。我告诉了弗雷迪先生我的计划，因为我知

道他会懂我。他说把卡斯帕带上去太危险了，一旦被
"骷髅头"发现，我就会失去工作，流落街头。

"你没有必要为了一只猫冒这么大的险，约翰
尼。"他说，"即使是卡斯帕。"

他说得很对。我想了很久，但到最后我明白我毫
无选择。我再也想不出其他拯救卡斯帕的办法了。我
把我要做的事告诉了用人过道的所有人——我没办法
瞒着他们在房间里养一只猫。有一件事是肯定的——
没有人会向"骷髅头"告发我，我们都太厌恶她了。
而且他们都看到了卡斯帕有多虚弱，他们也想帮它。
它很受欢迎。

一天深夜，我们都挤在我的房间里，玛丽·奥康
奈尔是一位洗衣房女佣，带着我们约定一起保守这个
秘密。玛丽是一个来自戈尔韦郡的爱尔兰女孩。她是
一个很有分量的角色，说话很有说服力。她让我们发
誓不会把这件事说出去。卢克·坦迪是一个河畔餐厅

的侍应生，他说他是不会发誓的，因为他不相信任何"宗教邪说"。

"好吧，卢克。"玛丽对他摇了摇手指，说，"你要是敢对谁说出去一个字，我会狠狠地揍你一顿，我保证。"

我唯一担心的就是"骷髅头"。她几乎从未出现在我们的过道里，但我们都知道她随时可能会到这里来。我们得密切关注她的动向，最重要的是我们得运气够好。

那天晚上，我偷偷下楼溜进伯爵夫人的房间，把卡斯帕带到了它的新家——我的小阁楼的房间里。一把它带进来，我就把它放在床上，然后坐在它旁边，跟它好好谈了谈。

"一声都不能叫唤，卡斯帕。如果被'骷髅头'发现你在这里，你和我，我们就都完了。你要吃东西，要好起来。听到了吗？"它没有叫唤，但它也没有吃东西。它就那么蜷缩在我的床上睡觉，几乎一动不动。当我离开它去楼下大堂干活时，它没有任何反应；当我回来房间时，它也没有什么反应。玛丽·奥康奈尔试着喂它，试着说服它，但它都没有兴趣。用人过道的几乎每个人都试过了，我们试了每一样玛丽能偷偷从厨房里带出来的东西——鸡肉、三文鱼，甚至有一次是鱼子酱。没有一样能获得它的青睐。它什么也不碰，即便是它自己的奶。

为了防止伯爵夫人的亲人出现，我到处说，我们都到处说——卡斯帕从伯爵夫人的房

间里跑掉了，找不到了。我上演了一出"大戏"，在整个酒店组织搜索，假装忧心忡忡，逢人便请他们帮忙留意一下卡斯帕的下落。弗雷迪先生当然知道我在干什么，但是除了玛丽和卢克，还有我们过道里的那群人，其他人都不知道。因此我现在只能等夜里没什么人的时候，再带卡斯帕出去散步。我把卡斯帕藏在外套里，匆匆穿过送货的后门。等我们出来到了公园，它似乎会稍微振作一点，但从不会持续太长时间。一回到我的房间，它就又蜷起来，闭上眼睛。我常常听到它深深的叹息声，就好像它希望每一次呼吸都是最后一次。看到它这样，我心都碎了。我感到绝望极了。

这时伯爵夫人的哥哥和妹妹来取走了她所有的东西。他们问起了卡斯帕，但我告诉他们，正如我告诉所有人的，卡斯帕不见了。在伯爵夫人的起居室里，他们在钢琴边站了好一会儿，靠在彼此的肩膀上哭泣。我发现自己情不自禁地又看向了镜子，那个我经常瞥见伯爵夫人的鬼魂的地方。这次我什么也没看见，但我还是感受到了她的存在。我在心里默默地向她发誓我绝不会让卡斯帕死掉。

结果卡斯帕真的没有死掉。它获救了。但我必须得说我在这中间没有起到一丁点的作用。最后卡斯帕是被一个偶然情况拯救的，在一个纯粹而幸福的场合中。

斯坦顿一家来到酒店时，我是看到了的，但当时我并没有特别留意他们。他们看起来和那些来酒店住一两个月的富有家庭没什么两样。他们是一家美国人：一位父亲，一位母亲和一个小女孩。这父母二人都显得古板、正派、得体，甚至有一点冷漠，就我的经验而言，很不像我在酒店遇到的其他美国客人。但那个小女孩不一样。我猜她七八岁的样子，她总是在惹麻烦，总是在被她母亲教训。她经常一个人到处溜

达，然后把自己弄迷路。但我很快发现，迷路并不会让她感到一丝慌张，慌张的只是她的父母，尤其是她母亲，我经常看到她母亲急匆匆地从大堂走过，在四处找她。我是在某一天早餐的时间，从她母亲的口中第一次听到了她的名字。

"伊丽莎白，我在找伊丽莎白。"她从河畔餐厅的楼梯冲上来，在大堂里说。她所有平时的镇定都不见了踪影，看起来焦躁又忧虑："她又不知道跑哪儿去了。你们看到她了吗？你们看到她了吗？"

幸运的是，弗雷迪先生就在附近。他总是很擅长处理这种状况。"请不要担心，斯坦顿夫人，我们会为您找到她的。她没有从前门出去，所以一定就在酒店里的某个地方。小约翰尼会去楼上看看。约翰尼，每一层楼，确保你把每一层楼都认真地找一遍。与此同时，我会在下面这里好好找一找她的，斯坦顿夫人，我们很快就会把她带回您的身边，您稍等。"他朝我拍了拍手。"快去,约翰尼。立刻,马上!机灵点,好孩子。"

1小时后,我已经搜遍了酒店上上下下的每一层楼,但仍然没有找到她的一丝踪迹。我正准备下楼去看看弗雷迪先生是否已经找到她了,突然想到要不要去阁楼上的用人过道看看。

我想着她基本没可能会在那里,但弗雷迪先生对我说了要找遍每一层楼。此外,我还清楚地记得自己

小时候的事，知道孩子们都喜欢躲在最让人意想不到的地方。所以我还是决定爬上楼梯去看一眼。

远远地在走道这一头我就已经看见我房间的门是开着的，那一瞬间我就知道她一定在那儿。就在我蹑手蹑脚地走过去时，我听到了她在我房间里说话的声音。

"乖猫咪，"她说着，"你真乖，真漂亮。"我看到她单膝跪在我的床脚。卡斯帕就在她旁边，正从它的碗里大口吃东西，狼吞虎咽着我留给它的小牛肝，发出了像狮子一样的呼噜声。

随便吧，谁在乎呢？

伊丽莎白抬起头来，微笑地看着我。"你好。"她说，"我是伊丽莎白·斯坦顿小姐。这只猫叫什么？"

"卡斯帕。"我告诉她。

"是你的猫吗？"

"是的。"我说，"这是我的房间。"

　　"我敲门了，没有人应。"她继续说道，"所以我想这是一个躲猫猫的好地方。我喜欢躲猫猫。然后我就看见这只猫躺在床上，它看起来很忧伤。它很漂亮，但是太瘦了，你知道的，它看起来很不好。你看看它，它都饿坏了。我觉得你应该多喂喂卡斯帕。"

　　"你母亲一直在找你，她以为你走丢了。"我对她说。我在尽力掩饰我越来越恼火的情绪。老实说，我并不怎么喜欢让一些傲慢的有钱人家的小女孩来告诉我卡斯帕要多吃点，难道这几周以来我没有努力这么做吗？虽然卡斯帕肯吃东西了让我松了一口气，但我不得不承认，看到这个小女孩这么轻易就做到了我没有做到的事，我还是有些沮丧的。因此，在第一次见面时，我一点也不喜欢伊丽莎白·斯坦顿小姐。因为她太自负了。

　　"你等一下，我要去告诉爸爸妈妈卡斯帕的事。"她接着说，"我可以带它下楼去给他们看看吗？"

　　我一直没有意识到这个小女孩可能会泄露整个秘密，直到她说出这句话。我蹲下来，将双手搭在她的双肩上，脸对脸平视着她。我必须让她知道我是很认真地在说这件事。"不可以，你一个字也不能说。"我告诉她，"你看，有一个问题是，在这里养宠物是不被允许的，我违背了规矩，知道吗？如果有人发现了，我就会被扫地出门，我会无家可归，没有地方住，卡斯帕也会一样。所以你不会告诉任何人的，对不对？这是我们的小秘密，好吗？"

　　她一直专注地看着我听我说完，她想了一会儿，然后说："我不喜欢规矩，尤其是不公平的规矩，比如不让人养猫之类的。所以我不会告诉其他人的，我发誓，死也不会的。"接着她补充道："可是你下次还要让我上来喂卡斯帕，可以吗？"

　　我没有选择。

　　"如果你想来的话，"我说，"我想，没问题。"

　　"我想来，我想来。"她叫起来，"我太喜欢它了，而且它也喜欢我，我感觉得到。"

　　确实是。卡斯帕一直眷恋地看着她，几乎无法把眼睛从她身上挪开。她抓起我的手晃了几下："哦，谢谢你，谢谢。可是我还不知道你的名字。"

　　"约翰尼·特罗特。"我告诉她。她笑起来，笑了好一阵子。"约翰尼·特罗特，约翰尼·特罗特。这名字真有趣。再见，卡斯帕；再见，约翰尼·特罗特。"她沿着走道飞快地溜了，一路还在咯咯地笑个不停。看着她走，我想起了上一个说我的名字有趣的人。我已经没有那么讨厌她了。

我直到现在也不知道那天上午她是怎么让卡斯帕开始吃东西的。后来等我们熟悉一些后，我问了她，而后她耸了耸肩。"当你知道怎么回事就会觉得这太简单了。"她对我说，"动物们总会按我说的去做，因为它们知道我能为它们做任何事，而且它们知道我爱它们，这也是它们爱我的原因。"她就是这样，很多孩子都这样，能让每一件事听起来都直白又简单。

经过第一次出其不意的到访，伊丽莎白·斯坦顿小姐，或者丽兹白——后来我发现她喜欢别人这么叫她，每天至少上来喂卡斯帕两次，并且都喂成功了。我有时在，有时不在。每次她来过之后，我都能在枕头上发现一张潦草的字条，上面写着如下这一类的话：

亲爱的约翰尼·特罗特，我又上来喂了卡斯帕。我从我的早餐里偷了一些烟熏三文鱼。它很喜欢吃，但我不喜欢，因为那股鱼腥味太难闻了。我还把你没收拾的床整理好了。你应该自己整理。别担心，你的秘密很安全。我保证。我喜欢保守秘密，因为这就像躲猫猫，我最喜欢躲猫猫了。你的朋友丽兹白。

我心里认为，毫无疑问，是丽兹白的到来拯救了卡斯帕。不知她是怎么做到的，但她把欢乐重新带进了它原本只剩下悲伤的生命里。只要她坐在它身边，不管在它面前放什么它都会吃下去、喝下去。才过了1周，它就开始磨爪子了，通常是在窗帘上，也有时在我的裤子上，甚至在我穿着裤子的时候，疼死了，但我不在乎，因为看见它好起来我高兴都来不及。它的皮毛重新焕发了光泽，它的尾巴又唰唰地摆动起来，当有一天它向我微笑时，我便确切地知道，卡斯帕·坎金斯基王子又回来了。是丽兹白让它振奋起了精神，这也让我高兴起来。但我还是担心她哪天会说漏了嘴。

"丽兹白，记住了，你要保守秘密。"一天晚上我对她说的时候，打暗号似的点了点自己的鼻子。她喜欢这种方式。那之后她每次离开我的房间时都会点点她的鼻子。"秘密，"她悄声说，"我会保守秘密。"

丽兹白成了我们过道的小吉祥物，出于她为卡斯帕所做的一切，她也成了我们过道的英雄。她有点话痨，有时还有点调皮——她是一个开心果，能让我们都开怀大笑。但我总是很担心会有一天她太过兴奋，

一不小心就把我们的秘密泄露出去了。

　　所以我尽我所能地采取了各种预防措施，让她每次上楼前都确保身后没人，还定了一条铁律——每次来见我们时都要悄声细语。这种类型的纪律她似乎都很乐意遵守。我发现，丽兹白喜欢所有跟"密谋"有关的事情。我们常常在我的房间里窃窃私语，也正是在这些窃窃私语中，我对她有了更多的了解。事实上，一开始的时候也称不上什么交谈，严格来说更像是倾诉。只要丽兹白开始讲她的故事，你就再也无法让她停下来。"你知道吗……"她一般这样开始，然后她就会一直说，一直说。她盘着腿坐在我房间的地板上，让卡斯帕趴在她的腿上，就这么说啊说。我很乐意听她说，因为她讲述了一个我在这里从未见过的世界。自我离开孤儿院1年多以来，我一直在萨沃伊酒店为像她这样的人服务：为他们拎行李，为他们擦鞋，为他们刷外套，为他们开门，毕恭毕敬，做着一个侍应生应该做的事。而在此之前，除了对我呼来唤去，或者命令我去做什么，他们之中从没有人真正和我说过话。

没错，我有时也不确定丽兹白是在对我说话还是在对卡斯帕说话。但是这不重要。我们俩都在全神贯注地听。卡斯帕一直仰着头盯着她的眼睛，发出愉悦的

呼噜声，而我也在认真听着她说出的每一个字。

　　有一次她向我们说起她从美国出发乘坐的大船，还有她看到的冰山，说那冰山就像纽约的摩天大楼一样高，纽约就是她住的地方。她说起在海上的某一天，她独自溜出来，找了个地方躲了起来，她发现自己正躲在驾驶舱的下方。外面一片混乱，因为所有人都以为她从甲板上掉下去了。等到最后他们找到她，把她带回父母的房间时，她的母亲哭个不停，叫她

"我的小天使"，而她的父亲说她是"世界上最顽皮的女孩"。因此她也不知道自己究竟是什么。

后来父母带她去找了船长。船长有一张很大很胖的脸和一双忧伤的眼睛，用她的话说像一只海象，他

们让她为自己惹的麻烦向船长道歉，因为她害得所有船员在整艘船上找了她2小时，船长不得不把船停在大海中央，让瞭望员用双筒望远镜在大海里搜寻她的踪影。她在船长面前信誓旦旦地保证，在接下来的旅程中，她再也不会一个人跑出去。她说她发誓时用手指在身后比了个叉，所以她发的誓不能算数。一两天之后，他们的船遭遇了她所见过的最大的风浪，碧绿的巨大海浪将他们抛来掷去，船上所有人都晕得厉害。于是她决定按一位水手教她的去做，他曾经告诉她，如果遭遇风浪，就去船的最底部找个地方躺下来，在那里船不会颠得那么厉害。她找到的船的最底部的地方有很多牛羊，她便在它们身边躺下了。当风暴结束后，人们在那里找到她时，她在干草上睡得正香。

这次她的父母都对她发了"大火"，作为惩罚，她被锁在了房间里。"我是无所谓。"她耸耸肩，对我

说，"随便吧，谁在乎呢？"

回到纽约的家里后，她的家庭教师总把她赶回自己的房间，有时是因为她拼写得不对，或者就只是想让她一遍又一遍地练写作。她也总被她的母亲赶回房间，因为她在应该好好走路时总是跑，或者在她父亲在书房工作时制造噪声。"我倒是无所谓。"她耸耸肩，笑了两声，说，"随便吧，我不在乎。"假期他们一家会驾驶他们的三桅游艇沿着海岸线航行到缅因州，那艘游艇被命名为"亚伯·林肯号"。他们住在岛上的一座大房子里。那里除了他们的房子，就再没有别的房子了；那里除了他们、他们的客人、他们的仆人，也再没有别的人了。有一天，她决定当一回海盗，于是就在头上系上了一条斑点海盗头巾，拿着一把铲子出去挖宝藏。在他们大声地呼唤她时，她躲进了一个山洞里，等她自己觉得是时候了她才出来。她知道他们会被气疯，但她就是不喜欢他们"像呼唤狗一样"呼唤她。因此那天晚上当她溜达回家后，她径直就被关回了房间里，他们连晚餐都没让她吃。"我也不想吃什么晚餐。"她说，"所以随便吧，我也不在乎，不是吗？"

通过这些故事，还有很多像这样的故事，我一点一点地拼凑出丽兹白和她的家人们的生活。现在，当他们从我面前经过去吃早餐时，当我为他们开门时或者向他们问早上好时，我所看到的东西完全不一样了。丽兹白在大堂看到我时会给我一个大大的笑容，而弗雷迪先生会在大门那里冲我眨眨眼，有时候他从我身边经过时还会轻轻地学一声猫叫。这些瞬间足够让我开心一整天。就连生活也突然变得好起来，也变得有意思起来。卡斯帕恢复如初，我们都找到了一个新朋友，我们的秘密也很安全。一切都非常好，至少我是这么认为的。

狂奔

那之后的一切事情似乎是突然间发生的，然后又都飞快地接踵而至。那是一个安宁的周末，酒店里没什么人，没有隆重的晚宴，没有盛大的舞会，也没有讲究的派对什么的。我们在这里工作的所有人都喜欢这样，虽然这样的日子会过得慢一些，但每个人都能放松一些。不过不管什么

样的周末我都喜欢，因为一般周末我和卡斯帕能更多
地见到丽兹白。她在楼下无聊到发疯，所以经常溜上
来看卡斯帕，有时候一天会来三四次，每次都给我留
张字条。周日我的工作会结束得早一些，所以她通常
会在我的房间里和卡斯帕一起等着我回来。有时她会
偷来一些司康饼和蛋糕，用餐巾纸包着——她总说我
太瘦了，要多吃点。而我下班后总是饿得够呛，所以
我也没跟她争论。

　　一个周日的晚上，我们正坐在那儿狼吞虎咽着
一些美味的水果蛋糕，一个声音从外面的过道传来。
"骷髅头"！是"骷髅头"！她正在跟玛丽·奥康奈尔
说话，而且听起来她心情很不好。

　　"那个愚蠢的男孩，约翰尼·特罗特，他在吗？"

　　"我没见到他，布莱丝夫人。"玛丽对她说，"真的。"

　　脚步声越来越近，大串钥匙的哐啷声一步一步地
越来越响。

"骷髅头"在咆哮："你知道他都干了些什么吗？来，我来告诉你，他也只是用黑色的鞋刷刷了麦考利勋爵最好的那双棕色鞋子而已。现在那双鞋子上沾满了黑色的鞋油。我一定要抽了他的筋。他在哪里？"

"我不知道，布莱丝夫人，我保证。"玛丽在竭尽全力掩护我。

脚步声已经来到我门外了，而丽兹白还在我的房间里，卡斯帕正蹲在她腿上舔毛。"骷髅头"只需要推开房门，我就会被逮个正着，百分之百要卷铺盖走人了。我能听到自己的心跳声在我的耳膜后鼓噪。我在祈祷，不管用什么办法，任何方法都好，玛丽可以阻止她推开那扇门。恰恰就在这时候，卡斯帕停下了它舔爪子的动作，从丽兹白的腿上猛地蹿下去，发出了一声愤怒的号叫。不是那种温柔的喵喵叫，是进入战斗状态的怒吼，尖厉而洪亮，非常大声。一两秒钟之内，门外一片沉默。然后，"我还活着呢，猫！有猫！""骷髅头"的咆哮声传来，"约翰尼·特罗特在他房里养了一只猫！他怎么敢养猫？居然敢不守我定的规矩！"

我惊恐地看向丽兹白。她没有一丝犹豫地抱起卡斯帕，一把塞到我的怀里。"衣柜。"她悄声说，"躲到衣柜里去。快！"

一进到衣柜里我就蹲了下来，把卡斯帕抱在怀里不停地抚摸，防止它再发出号叫声。随后我听到了一个让我难以置信的声音。卡斯帕又叫了，在衣柜外面，我的房间里。这不可能，它正和我在一起，在衣柜里，在我怀里，我确定它没有叫。但它确实又叫了——我听到了它的声音！在惊恐和困惑中我花了好一会儿才意识到是怎么一回事：是丽兹白在模仿卡斯帕的叫声，一模一样。

是玛丽后来告诉了我——她后来又告诉了每个人——当时究竟发生了什么。丽兹白明目张胆地拉开门，对着"骷髅头"号叫，就像卡斯帕那样。"骷髅头"愣在了那里，目瞪口呆。好一会儿她都完全说不出话来，嘴巴一张一合，像条金鱼一般。后来"骷髅头"稍稍找回了自己的声音。"小姐，这到底……"最后她说，"您在用人待的地方干什么，小姐，您到底在想什么？这不是您该来的地方。"

丽兹白回复了一声号叫。"我是一只猫。"在号叫的间隙，她异常冷静地说，"我在追捕一只老鼠，它跑到这里来了。我一直追着它，终于把它抓住了。你要知道我是很擅长抓老鼠的。我把它吃了，像这样，一口吞了。我得告诉你，那味道真是好极了，是我吃过的最美味的老鼠。再见啦！"说完她又对满脸震惊的"骷髅头"叫了一声，然后就沿着走道溜了，一边走还一边叫着，经过了"骷髅头"，

经过了玛丽和其他人——大家都跑到走道里来了，想知道外面闹哄哄的到底发生了什么。

"骷髅头"看起来更像骷髅头了。她飞快地把头伸进我的房间看了一眼，然后凶狠地甩上门，像暴风雨卷过走道一样，一边走一边大骂。"小孩，讨厌的小孩！"她怒气难平地说，"要我说根本就不该允许他们进入萨沃伊酒店。他们只会带来麻烦，让人不得安生。被惯坏的孩子是我最不能容忍的事，没有之一。被惯坏的美国小孩是最中之最，他们就是恶魔本身！在我的酒店里四处疯跑，她怎么敢这样？"她停下来，转过身，指着所有人说："你们看到约翰尼·特罗特的时候告诉他，他必须去向麦考利勋爵道歉，并且把他的鞋子重新擦一次。这一次我要看到一双棕到发亮的鞋子，不能有一丝黑色的印迹，要他先拿给我看了之后再送去给麦考利勋爵。立刻，马上，去告诉他。"

她走了之后，我们爆发出一阵哄堂大笑，我们每个人都笑得前仰后合，笑到肚子疼。丽兹白不仅是这里最受欢迎的人，现在还成了我们所有人心目中无可比拟的女英雄。她的快速反应、她的厚脸皮和她的无所畏惧拯救了我，也拯救了我的工作，并且毫无疑问地拯救了卡斯帕被带走的命运。

然而，就在第二天，这种无所畏惧差一点就要了她的命，还有我的命。是卡斯帕先让我意识到了有什么事情不对劲。平时看到我工作完回到楼上它总是很开心，它会四脚朝天地躺在我的床上，尾巴摆个不停，等着我去挠它的肚子。11 点左右，我回去看了看它，我通常在这个时间回去，因为这是我上午工作的第一个间歇。我本来指望丽兹白和它在一起，但她今天不在。卡斯帕也没有躺在我的床上，而是在房间里一边叫着一边走来走去。它显得非常激动，一会儿跳上窗台，一会儿又跳下来。我上次见它这种状态，是有一只鸽子在窗户外的护墙上昂首踱步，它冲着它咕咕叫。可这次外面并没有鸽子。我试着给卡斯帕喂吃的——我以为这样能让它冷静下来，但它毫无兴趣，很明显它只在意窗户外面发生的事。于是我爬上去，推开窗户，把头探出去，这样我可以看到两边全部的屋檐。都没有鸽子呀。

就在这时，我看到了丽兹白。只一眼我就明白了她想干什么。她手脚并用，翻过窗沿爬到了屋顶的瓦片上。在她前方有一只鸽子，正一步一步地单脚蹦向屋脊的方向，另一只脚没用地耷拉着。丽兹白一直跟着它，一边爬一边发出咕咕声，时不时地停下来向它撒点面包屑，极尽所能想引诱它下来。她似乎对自己的危险处境一无所知。

我的第一反应是大叫出声，警告她小心，但又有什么在提醒着我现在惊扰到她才是最糟糕的。于是，

我爬出窗户，又转身把它关好，以防卡斯帕跟着我出来，然后小心翼翼地爬过窗沿。我努力让自己不越过屋檐的护墙往下面的街上看，这可是八层高的楼。丽兹白在我上方，已经很接近屋脊了，可是那只鸽子正沿着屋脊蹦向烟囱的方向，离她越来越远。我朝她的方向爬过去，直到来到她身后，我才用尽量轻柔的语气叫了她一声。

"丽兹白，"我叫道，"是我，约翰尼。我就在你身后。你不能再往上爬了，绝对不行。"

一开始她并没有往下看，而是继续向上爬。

"有一只鸽子，"她告诉我，"受了很严重的伤，可能是腿断了。"

就在这时她往下看了一眼，这一眼才让她意识到自己爬得有多高。她所有的勇敢瞬间消失不见。她一下子滑倒了，扒着瓦片，吓僵在那里。其实屋脊就在她触手可及的地方，但我看得出她已经无法靠自己爬

上去了，并且她不可能下得来。

"就待在那里，丽兹白。"我对她说，"别动，我就过来了。"

我满脑子想的都是无论如何都要把她带到屋脊上去，这样我们可以待在那里，直到被人发现，然后来

救我们。然而在我和她之间还有一截陡峭的、铺满瓦片的屋顶，一眼望去全是瓦片，没地方落脚，也没地方下手。

随便一个脚滑，随便一块松动的瓦片，都有可能让我从屋顶滑下去，甚至可能跌出护墙。那真是想都不敢想。所以我也尽量不去想。因此我一边往上爬，一边不停地跟她说话，不仅是为了缓解她的恐慌，也是为了让我自己镇定下来。

"抓住了，丽兹白。看上面，看那只鸽子。不管你做什么，都不要往下看。我来了，我保证我马上就要到了。"

我以我颤抖的双腿所能允许的最快速度往上爬，侧着身，像螃蟹一样踩着屋顶上的瓦片"之"字形前进。这样会走得更远，也更容易、更安全，因为没那么陡。我将我的意识都集中在向上爬、到达屋脊上，好几次我都踩落了瓦片，听到它们滚下去摔了个粉碎。最后我终于爬上了屋脊，我跨坐在上面，向下伸出手，抓住丽兹白的手腕，把她拉了上来。我们面对面坐在那儿，暂时安全，但都还因为恐惧喘不过气来。那只鸽子对所有针对它的救援行动一无所知。它又一只脚蹦到了屋顶上，蹦下去，蹦过排水沟，然后跳上护墙，吃了一路的面包屑。最后它愉快地飞走了。

一定有人看到了这个戏剧性事件的全过程，因为消防队很快就来了。先是警笛响彻了整条街，随后戴着闪亮头盔的消防员陆续出现在下面的每个窗沿上，其中一个一直在跟我们说话，不停地告诉我们别乱动。事实上我们俩即使想动也动不了。他们搭起梯子接我们俩下去，丽兹白先走的。等到我终于被接进我们过道尽头的那扇大窗户时，我才发现这里站满了人。酒店的经理、"骷髅头"、玛丽、卢克、弗雷迪先生……当我走过去时，每个人都拍了拍我的肩膀。直到这时我才真正意识到自己做了什么。经理握住了我的手，告诉我我是一个当之无愧的小英雄。但是"骷髅头"没有拍我，也没有笑，她知道有些事并不像大家看到的那样，但我也看得出她并不知道事情真正是怎样的。我对她笑了笑，有些挑衅，也有些得意。我觉得相比起拍背和握手，这点能更让我开心，尽管之前那些也很不错。

那天晚上，他们在下面的厨房为我安排了一顿丰盛的庆祝大餐，并且让我坐在长桌的主位上。他们把《他是一个快乐的好小伙》[1]唱了一遍又一遍。我们度过了一个愉快的夜晚。没多久经理过来把我领走了，他要带我去斯坦顿家的房间。他告诉我说，斯坦顿家的人想单独对我表示感谢。当我被领进房间时，我看到他们一家三口正并排站在客厅里迎接我，丽兹白穿着她的睡袍。这一切显得十分正式。我站在他们面前，竭尽全力地不去接触丽兹白的眼神，我知道只要我俩对视一眼，我俩就能将这样的气氛破坏殆尽。

"年轻人，"斯坦顿先生开始了，"我和斯坦顿夫人，当然，尤其是伊丽莎白，我们欠了你一个大人情。"

1.《他是一个快乐的好小伙》，著名英文儿歌。

突然间我被狠狠地震惊了，因为我看到了他眼里的泪花，他的声音也哽咽了。我从没想到过像他这样的人会哭。

"伊丽莎白是我们唯一的孩子，"他继续说道，"她对我们来说十分珍贵。而你今天救了她的命，我们永远不会忘记这一点。"他的声音里流露出浓浓的情感。

他走上前来，握了握我的手，然后递给我一个白色的大信封。"年轻人，我知道给你多少钱都是不够的，但这只是为了表达我们对你的所作所为、对你超乎寻常的勇敢最深切的谢意。"

我接过信封，打开它，里面是五张 10 英镑的钞票。我这辈子都没见过这么多钱。在我准备开口说谢谢或者说点别的什么之前，丽兹白来到我面前，拿出了一张大大的纸。我的目光落下，是一幅画，画着卡斯帕。

"这是我为你画的。"她说。她说话的语气听起来像是我们之间并不熟。真不愧是一名出色的演员。"我喜欢画画。这是一只猫，希望你会喜欢。我画这个是因为我特别喜欢黑色的猫。还有另一面，我画了……"她把那张纸翻过来给我看，"另一面我画的是我们下周要乘坐的回家的船。它有四个大烟囱。我爸爸说它是全世界最大最快的船，是不是，爸爸？"

"它叫'泰坦尼克号'。"斯坦顿夫人补充道，"下周是它的首航。这是不是你见过的最宏伟的船？"

偷渡

　　我应该多看看丽兹白的画，无论是在收到它们时，还是在收到它们后，多说几声谢谢，但事实是，我这辈子从没见过这么多钱。那天晚上回去之后，我坐在床上又把它们数了好几遍，以确定自己不是在做梦。用人过道的每个人都来了，他们得亲眼看看。我记得玛丽·奥康奈尔把钞票一张张地举起来，对着光检查，确定中间没有假的。
"谁知道有没有假的呢？你永远不懂这些有钱人。"她
说。我和玛丽说了一些没和其他人说的事，关于我对拿
钱这件事是怎么想的，我开始觉得很不舒服。玛丽对
对与错的判断总是很准确，她明白这些事情。

"我不是为了钱才这么做的，玛丽，"我对她说，
"我这么做是因为丽兹白在上面。"

"我明白，约翰尼，"她说，"但这并不意味着你
不值得被感谢，不是吗？这些钱是你离开这儿的门
票。这是上天赐予的财富呀，能抵得上在这儿干2年
的薪水了。看在上天的分儿上，你可以去任何地方，
去做你想做的任何事情了，我们谁不想这样！你总不
想一辈子在这儿擦鞋吧？"

我一整夜都没睡着，躺在那儿和卡斯帕聊天——
它是一个不错的听众。快到早上的时候，我仍然觉得
尽管玛丽说的都对，但我还是应该把钱还回去。丽兹

白的画已经是很好的感谢，这就足够了。但我又忍不住想，也许我可以把这些钱看作一份报酬，是给侍应生的奖金。不，他们并没有把我当一个侍应生看待，我也不想要奖金。我得把钱还回去。然而真正到了早上，我又一次改变了主意。也许还是玛丽说得对。我应该留下这笔钱。我为什么不呢？

我依然撑着枕头躺在床上，卡斯帕蜷在床脚那头。我盯着丽兹白的画，巨大的船航行在海上，四个烟囱喷出烟雾，海鸥在天空盘旋……门嘭地被推开了，"骷髅头"出现在门口。"我就知道，我就知道是这样！"她说，"先是那女孩出现在这里，扮猫，喵喵叫，那就已经够古怪的了。然后第二天她又来了，不是吗？只不过这次是屋顶，你窗户外面的屋顶。奇怪，奇怪的巧合，当时我就在想你一定知道些什么，约翰尼·特罗特，我不相信这是巧合。现在你成了小英雄了是吗？我可不是 3 岁小孩，我也不傻，约翰

尼·特罗特。我猜这里面一定有猫腻。只不过我现在不用猜了，我看得见，不是有猫腻，而是有猫。"

她走进房间，把身后的门关上，来到我面前，露出了一个满怀恶意的、报复式的笑容。卡斯帕已经跳到了窗台上，对她发出凶狠的号叫声和嘶哈声。"现在，"她接着说，"我听说你收到了一笔钱，是吗？约翰尼·特罗特。"我点了点头。

"你有两个选择，"她继续说道，"要么你脱下工作服，卷好铺盖卷儿，1小时内滚到外面的街上去；要么你把钱交出来。就这么简单，把钱交出来你就能留在这儿。我甚至可以让你把这只恐怖的猫留下，至少暂时可以。好了，再没有比我更通情达理的人了，不是吗？"

没多久她就走出了我的房间，口袋里塞着一个信封。我其实得感谢她，毕竟她帮我做出了决定。我坐在床上，卡斯帕很快过来了，它需要一些安抚。我在

想事情。与一切发生之前相比，我也没有变得更穷。而且至少现在我得到了她的保证，卡斯帕安全了，至少暂时是，这就值了。我也没有丢掉工作。我感觉大大地松了一口气，但转瞬一股忧伤又袭来。很快，丽兹白就要离开这里回美国去了。"我会想念她的。我们都会想念她的，对吗，卡斯帕？"我大声说，"我们不会想念那些钱——那本来也不该是我们的，不是吗？——但我们会想念丽兹白的。没有她我们该怎么办呢？"

我应该什么都不说的。卡斯帕一定明白了什么，或者它可能只是单纯地感受到了我的忧伤，我不知道是哪一种，但很明显随着日子一天天地过去，它已经清楚地知道丽兹白很快要离开我们了。在那个广为人知的屋顶营救行动之后——所有的报纸都报道了这件事——丽兹白便有了绝佳的理由经常上楼来看我，我们甚至在大堂里交谈，即使被人看见也没关系。所以至少在最后这段日子里，我们有很多时间在一起。

好几次我都想告诉她"骷髅头"威胁我并拿走了她父亲给我的钱的事，但我想象得到她知道后会如何火冒三丈，我不能指望她这个年纪的女孩会对这样的事保持沉默。所以我一个字也没提，但我告诉了她一些我从没对其他人说过的事。关于我在伊斯灵顿孤儿院的生活。关于哈利——那只我当宠物养在火柴盒里的蟑螂。关于威灵顿先生，他本应该好好地照顾我们，但他一定很讨厌小孩，因为他总是为了一些很小的事情就用藤条打我们。他

打我，因为我养了哈利，他把它拿走，当着我的面，当着我们所有人的面踩死了它。就是这件事最终促使我从孤儿院逃走了——在那之前我也数次有过这个想法，但一直不敢付诸实施。我告诉她我怎样在伦敦街头流浪了好几周，艰苦谋生，直到在萨沃伊酒店找到这份侍应生的工作。当然，她想知道所有关于坎金斯基伯爵夫人的事情。我也跟她说了我的寻母梦。我跟她说了太多我的希望和梦想，而她一直都睁大眼睛听着。

最后在一起的那周，我和丽兹白之间发生了一些变化。从我们手拉着手坐在屋顶上分担着彼此的恐惧的那一刻起，她便不再是一个有钱的美国小女孩，我也不再是一个 14 岁的英国孤儿。我们成了真正的朋友，最好的朋友。她不再像我刚认识她时那样，喋喋不休地说着自己的事或者卡斯帕的事，她开始问我问题，并且真的想要知道答案。"我们在一起的时间不多了。"有一天上午她说，"所以你得把所有事情都告诉我，因为我想永远永远记住你的一切，还有卡斯帕的一切。"

她每天都会给我带来她新画的画：有她在纽约的房子，有自由女神像，有她在缅因州岛上的家，有打扮成海盗的她，有和卡斯帕在一起的她，有穿着工作服的我。但大多数还是卡斯帕：睡觉的卡斯帕、坐着的卡斯帕、狩猎时的卡斯帕。然而，当她离开的日子日渐逼近时，我们变得越来越沉默，越来越忧伤。和我们一起待在我的房间时，她会一直紧紧地抱着卡斯帕不放手，我能感觉到她想让每1分钟都变得像1小时、1天，甚至1个月那么长。我又何尝不是。

在离开前的最后那个晚上，她第一次提出了那个想法。她温柔地抱着卡斯帕，把头埋在它的脖子里，轻轻摇晃。当她突然抬起头来看着我时，我看到了她眼里的泪花。

"你们也可以走的，约翰尼，你和卡斯帕。你们可以和我们一起。我们一起上那艘船。你们可以来纽约住。你会喜欢那里的，我知道你一定会的。而且在美国你可以不用再做侍应生了。跟我们走吧，约翰尼，求求你了。"听她说着这些话，我感觉到希望突然又在我的身体里奔涌起来，她所描绘的在大洋彼岸的美国的全新生活让我激动不已，但很快我就意识到那是多么不可能的事。

"我不能，丽兹白。"我说，"我的意思是我都付不起我的旅费。"

"那些钱呢？"她说，"我爸爸给你的那些钱呢？"

我把一切都告诉了她，关于"骷髅头"是怎么威胁我的。我本不打算跟她说这些的，但那些事情就这么自然而然地从嘴里倾吐出来了。

丽兹白沉默了好一会儿。

"她就是个巫婆。"最后她说，"我真讨厌她。"但很快她的脸色又明亮起来了。"我可以去求我爸爸，"她又说，"他有很多很多钱。他可以支付你的旅费。"

"不行。"我坚定地告诉她，"我不能用他的钱。"

听到我这么说，她看起来好像很受伤，变得垂头丧气的。我真希望我刚刚没有说得这么直接。"你不想走，对吗？"她说。

"我想走。"我对她说，"我是真的想走。难道我会想一辈子待在这里给人提行李、擦鞋子吗？我很想坐你画给我的那艘大船到美国去——它叫什么名字来着？"

"'泰坦尼克号'。"丽兹白说。她的眼泪终于还是流了下来。"我们明天一早就走了。妈妈说我们得先乘火车去到船那边。你可以和我们一起。你可以来送我们，带卡斯帕一起。"

"我想我还可以看到那艘大船，是不是？"我说。但我知道我只是在抓一根救命稻草。"不行的，丽兹白。'骷髅头'不会让我请一天假。我知道她不可能答应的。我是真的很想看看'泰坦尼克号'。它真的是世界上最大的船吗？"

"也是最快的。"她说。她突然站起来，把卡斯帕交到我手里。"我要去跟爸爸说。你救了我的命不是吗？我要去求他，而且我要告诉他'骷髅头'都做了些什么。"

我还没来得及阻止她，她就飞快地离开我的房间走了。

就在那天，仅仅几小时后，有人看见"骷髅头"苦着一张脸拎着行李从送货的后门出去了。"再也不会回来了。"弗雷迪先生满面笑容地告诉我。然而我就再也没有见到我的钱了。

第二天早上，我和斯坦顿一家一起坐在了火车的头等车厢里，前往南

安普敦。经理告诉我他收到了斯坦顿先生的特殊请求，所以同意我和卡斯帕陪这一家人去南安普敦，并且帮他们把行李拎上船。他说考虑到在最近发生的事情里，我提高了酒店的声誉，所以这一次他欣然同意了我的出行。但他提醒我，我是在工作。我得穿上萨沃伊酒店的制服，帮他们把所有的箱子和提包运到船上，满足他们的每一项要求，直到船开走。

在我那天从酒店搬出来的行李中，有一个玛丽·奥康奈尔从商店"借"来的野餐篮。篮子里装着卡斯帕。它一路号叫着乘坐电梯下了楼，又哀号着穿过酒店大堂，经过弗雷迪先生身边时，他向它举了举帽子，以示道别。它只有在出租车上才停止了一会儿抱怨，因为丽兹白把

它抱在了怀里。就是在那时，她开始告诉她的父母整件事：我们的秘密，我们如何相识，我和卡斯帕，还有坎金斯基伯爵夫人，我的孤儿身份，叫哈利的蟑螂，威灵顿先生，以及我如何跑出了孤儿院。一个故事接着一个故事，我和卡斯帕的整个人生就在她激情的讲述中随着滔滔不绝的言语铺展开来。她几乎都没有停下来换口气，直到我们到达车站。

在开往南安普敦的列车上，卡斯帕静静地趴在丽兹白的腿上。大部分时间里这还是一趟安静的旅程，因为丽兹白睡着了，卡斯帕也睡着了。

我永远也不会忘记第一眼看见"泰坦尼克号"的感觉。它让整个码头都相形见绌。码头边有乐队在演奏，我伴着音乐，拎着斯坦顿家的箱子踏上步桥，而丽兹白抱着装着卡斯帕的野餐篮走在我前面。到处

都是人，无论是岸上的围观者，还是挤在栏杆边的乘客，每张脸上都写满了兴奋和期待。这一切都让我激动不已。我来来回回地到他们的舱房去了两次还是三次。C层52号，我永远不会忘记这个数字。他们的舱房不比他们在萨沃伊酒店的房间小，并且一样那么豪华。我被这艘船从内到外显示出的巨大气势和我一路所见的富丽堂皇震撼了。这一切都比我所想象的更宏伟、更壮观。

当我把所有行李都搬到他们的舱房时，我知道分别的时刻终于到来了。丽兹白也清楚这一点。她坐在沙发上，最后一次跟卡斯帕说再见。她把脸埋在它的脖子里伤心地抽泣。她父亲尽可能温柔地将猫咪从她怀里抱出来，放回野餐篮里。就在他这么做时，我有了决定。在那一刻之前这个念头从来没有在我的脑海出现过。

"丽兹白，"我说，"我想让你把它带回美国。"

"你愿意吗？"她叫起来，"你真的愿意吗？"

"我愿意。"我告诉她。

丽兹白转向她的父母："我可以吗？可以吗，妈妈？爸爸，答应我吧，求求你了。"

没有人表示反对。相反，他们看起来都很高兴。

他们分别与我握手，看起来依然矜持而客气，但我能看到一种真诚的善意，还有他们的眼睛里流露出来的我从没见过的暖意。我蹲下来抚摸着野餐篮里的卡斯帕。它专注地盯着我看。它知道发生了什么，知道我们要说再见了。丽兹白把我送到舱房门口。她紧紧地抱住我，抱了很长时间，我一度以为她不会放开手了。船的汽笛声响了起来。我推开她，抹着眼泪，向甲板跑去。

我想了很多，想着以后怎么办，想我为什么一时冲动把卡斯帕送了出去，想我接下来该做什么。我记得我站在甲板上，伴着人们挥舞的手臂，伴着刺耳的汽笛，伴着乐队的演奏，突然明白自己不可能再回到曾经的生活，再回到萨沃伊酒店狭小的阁楼房间，我要和卡斯帕、丽兹白待在一起，我根本不想离开这艘船，这艘无与伦比的巨轮，这座不可思议的水上宫殿。当最后的通知声响起，催促访客和搬运工下

船时，我留了下来。这很简单。我就是跑到栏杆边，和所有乘客一起挥手。我也和他们一样。我要走了。我要去美国，去丽兹白所说的那个国度。直到看到"泰坦尼克号"开始移动，看到它和码头之间的间隙越来越大之前，我都没有确切地意识到我做了什么，没有确切地意识到我做了一个多么重大的决定。没有回头路了，我成了"泰坦尼克号"上的一名偷渡客。

"我们只是撞到了一座可恶的冰山"

　　我的偷渡生活并没有持续很久。我花了一点时间才弄明白我处在这艘船的头等舱，而当我意识到这一点时，我发现自己很难同身边的同等舱旅客融合在一起。因为他们每个人都盛装打扮，而我穿着一身萨沃伊酒店侍应生的制服，显得太格格不入。他们走路的姿势都是不一样的，仿佛他们生来就属于那儿，仿佛他们有的是时间。正如也许你得花费一辈子去学习怎样才能漫不经心地让自己看起来很富有。

在一段时间内这身制服还是起了点作用的。我可以冒充乘务员，这对我来说很容易。我很清楚该怎么手触额发，该怎么扶年长的女士下楼梯，该怎么为人指路——即便我还没弄明白哪里在哪里。在差不多前1小时里，乘客们都在甲板上随意走动，探索着这艘船，我也一样，直到一些水手和其他乘务员开始向我投来异样的目光，他们显然看出我的制服有一点奇怪。我知道自己迟早要穿帮，如果继续假扮他们中的一员，我的运气支撑不了多久。而且我意识到，如果我继续待在头等舱，一定会碰到斯坦顿家的人，而我完全不敢保证一旦他们发现我偷渡会是什么

样的反应。我看到三
等舱的乘客都挤在船
尾那头的低层甲板上。
我想我更像他们中的
一员，待在那儿会比
较安全。于是我向那
边走去。我脱下我的
外套和帽子，趁没人
注意把它们扔进了海
里。然后我翻过栏杆，
打算尽最大努力融入
三等舱的旅客之中。

我们已经完全行
驶到了海中央，最后
一点英格兰陆地也飞
快地消失在地平线上。

大海十分平静，像一个泛着银光的蓝色的湖。没有人注意到我，他们都玩得很开心，压根不知道这里多了一个人。你只要带着眼睛和耳朵就能很快知道这些三等舱旅客来自世界各地，有爱尔兰人、中国人、美国人，还有不少伦敦东区[1]人。我感觉自在多了。我下了甲板，找了很久，终于在底舱的宿舍里找到了一个空铺位。已经有好几个人在这里，但他们没怎么留意我。

我头枕着双手躺了下来，闭上眼睛，感受着引擎的震颤，确信自己已经逃过一劫。然而就在这时，事情变得糟糕起来。

我听到了一个声音，一个响亮的声音，一个威严的声音。我睁开眼，看到两个水手正朝宿舍走来。"我们在找一个偷渡的，你们看见他了吗？一个看起

---

1. 伦敦东区，历史上的贫民区。

来像是日本人的家伙。"他们中的一个停在一张桌子前，有几个人正坐在那儿打扑克。"他有没有到这边来？一个小家伙。我们知道他下来了。"

我想只要我不露出惊慌失措的样子我就会没事的吧。我可以假装睡着了。而且我看起来不像日本人，他们便不会来打搅我。但我没来得及思考，我跳起来就跑了，而他们也紧追在后，嚷嚷着要我站住。我一步跨三阶地冲向甲板，一到甲板上，我就在我发现的第一个地方躲了起来，显然这是我能选择的地方中最显眼也最愚蠢的一个——救生艇。我看到了那个日本人，他缩成一团坐在救生艇的另一端，下巴顶着膝盖，嘴咬着指关节，来回摇晃着。就在这个地方，没用几分钟，我们两个就被发现了，找到我们简直就像抓陷阱里的老鼠一样简单。当被推搡着走过甲板时我们没受到一点点友好的对待，但至少我觉得三等舱的旅客还是同情我们的，那些嘘声和嘲笑声更像是直接冲着押送我们的水手去的，而不是我们。我们俩都被带到了船长面前——史密斯船长，他们这么称呼他。这里已经有三个人了。所以一共是五个偷渡客，一个意大利人（我记得他不怎么会说英语），一个日本人，三个英国人，包括我在内。船长坐在桌子后面，用他那深陷的忧伤的眼睛疲惫地看着我们。他留着大胡子，举止沉着，完全就是一位船长的样子。他没有像那些水手一样咒骂或者斥责我们。

"好了，莱托勒先生，"他对站在他身边的高级船员说，"我们抓到了五个，对吧？还好，没有我担心的那么多。现在该怎么处理他们呢？你觉得哪里最需要人手？"

"下面的轮机舱里，船长。"那位船员回答道，"添煤工，我们至少缺一打添煤工。如果您想要像您说的那样全速前进，打破穿越大洋的时间记录，像您说的，那我们可以把他们都派到下面去。看看他们，我得说他们都偏瘦弱了一点，但对此我们也没什么办法。"

船长把目光落在了我身上："你为什么要这么做？"他问我。

我告诉了他事实，至少是其中一部分。我也没什么可失去的了。"因为我不想下船，先生。这艘船太漂亮了，而且人人都说它很快。还有，我以前从没上过船。"

"好吧，我上过，孩子，"船长大笑起来，"我上过很多船。你是对的，这是最快的一艘，有史以来航

行得最快的船，不仅如此，它还是永不沉没的。很好，莱托勒先生，就安排这几个人以添煤工的身份去纽约吧。先生们，这份工作很热，也很辛苦，但你们可以通过它换得食物和很好的照顾。带他们去吧。"

我人生中最辛苦的三天就此拉开序幕。我的身体从来没有这样痛过，每一块骨头、每一寸肌肉、每一处关节都在痛。我的手也从来没有这样流过血，每一根手指上都有绽开的血泡。我从来也没有这么热、这么脏、这么完完全全地精疲力竭。我周围的其他添煤工都是些块头很大、很强壮的男人，肌肉发达、强劲有力。当我们光着膀子一起工作时，我觉得自己就像老鹰群中的一只麻雀。引擎雷鸣般的声响几乎要把我的耳朵震聋，锅炉里喷出的热浪几乎要把我的皮肤烤焦。但尽管有这么多痛苦，不知为什么，我仍觉得这里是我到过的最让人兴奋也最让人振奋的地方。每当我抬起头，看着那些巨大的锅炉、巨大的活塞运作着，我就会为它们所展现出来的力量和美感心生赞叹。不管你信不信，当我在那令人窒息的酷热中日夜不停地铲煤时，脑子里只有一个念头支撑着我的动作：是我在驱动这些强大的引擎，是我，约翰尼·特罗特。我不再只是一个小小的侍应生，我是这些男人中的一员，是我们的肌肉让锅炉燃烧，让引擎发力，让螺旋桨旋转，才让这艘世界上有史以来最快的船航行在大西洋上。我为我所做的工作感到自豪。

我的那些添煤工伙计会时不时无情地嘲笑我，因为我在他们中间看起来就像个婴儿。但我不介意。他们也嘲笑那个小个子的日本人，直到他们发现他个子虽小，但他铲的煤是最多的。他叫米西亚，但我们都叫他"小火柴"——他确实非常瘦小，比我都瘦小。也许是因为我们都是偷渡者，或者是因为我们个头差不多，所以我们成了朋友。

他一点英语都不会，我们就用手势和微笑交流，总能想方设法地让对方明白自己的意思。和其他人一样，每次下工的时候，我从头到脚都是黑的。不过船长没有欺骗我们，我们得到了很好的照顾，有足够的热水清洗自己，也能吃到各种食物，每个人还都有一个温暖的铺位。我很少到甲板上去，要上甲板得走很长一段路，可等我有一两个小时休息时间时，我都累得只想躺下睡一觉。一直待在这艘船的深处让我分不

清黑夜和白天——其实我也不怎么关心这个。我就这样工作、睡觉、吃饭，工作、睡觉、吃饭，累得连梦都不做了。

偶尔去到甲板上时，我会望着平静得像池塘一样的大海，看它在月光下或者日光下闪着光。我从来没有见过别的船，永远只有一望无际的海平面。偶尔有海鸟在甲板上空盘旋，还有一次，大家激动万分地看到了几十只跃出海面的海豚。那是我从没见过的美丽景象。每次我登上甲板时，总有一股无形的力量把我拽向头等舱的方向。我会在那边靠着栏杆待一会儿，明知渺茫但仍希望丽兹白会在卡斯帕的引领下从我面前经过。

然而我没有一次见到过他们。我想念他们，无论是在铲煤铲得大汗淋漓的时候，还是在工作间隙躺在铺位上的时候，或者眺望着平静光滑的海平面的时候。我一直试着鼓起勇气翻过栏杆找条路溜回他们的舱房。我渴望看到丽兹白见我还在船上时露出的惊喜表情。她见到我一定会很高兴，还有卡斯帕，也一定会微笑着向我摇晃它的尾巴。但我不确定丽兹白的父母会怎么想。事实上，我依旧担心他们会因为我偷渡而看不起我。我决定还是等我们到达纽约，上了码头我再出现在他们面前，给他们一个惊喜。我可以告诉他们我接受了丽兹白的建议，打算来美国生活。他们就永远不会知道我是偷渡来的。

我躺在铺位上半睡半醒地做着梦，梦见卡斯帕在对我号叫，想把我叫醒。我们处在某种危险之中，它在试图警告我。然后事情真的发生了。船突然震动摇晃了一下。我坐起来，马上意识到撞船了，而且我能分辨出是撞到了右舷。一阵长长的寂静随之而来。再然后我听到一声蒸汽发出的巨大呼啸，仿若一道濒死的哀鸣。我知道一定出了严重的问题，这艘船一定受伤了。引擎停了。

我们在一起的六个人立刻穿好衣服冲上第三层甲板——艇甲板[1]，想看看是撞上了一艘什么样的船。那时我们都以为事情就是这样的。然而我们什么也没看见，没有别的船，四周只有漫天繁星和空无一物的大海。甲板上也没有我们以外的人。就好像其他人都没感觉到什么，好像这只是一场噩梦。没有惊醒其他人，因此也没有其他事情发生。我几乎要认定这一切都是我想象出来的了，但就在这时我看见"小火柴"双手抱着什么东西向我们冲来。那是一块巨大的冰，像一枚锋利的巨齿。他重复大喊着什么，一遍又一遍，但我没有听

---

1. 艇甲板，大船上放置救生艇的那一层甲板。

懂。我们没有人能听懂，直到另一个添煤工把它说了出来："冰山！我们只是撞到了一座可恶的冰山！"

女士和孩子们优先

我从没见过冰山，我们这些添煤工中也没人见过。但我们很快碰到了一位船员，他目睹了船撞上冰山。他说那座冰山至少有100英尺高，赫然耸现在船的上方。它并不像我们想象的那样是白色的，而是阴暗的，接近黑色。但也就是一个轻微的刮擦，他说，不用发警报，没必要引起恐慌。本来也没有人惊慌失措，没有人四处乱跑。这时候越来越多的乘客出现在甲板上，像我们一样，来看看到底发生了什么。我看到一对夫妇手挽着手悠闲地走过。他们看起来毫不在意，更像只是出来呼吸一下新鲜空气。即使撞了船，船上的每一个人都还是深信不疑着一件事——我也一样，毕竟我是亲自向史密斯船长确认过的——"泰坦尼克号"是不会沉没的，一切都会好起来的。

　　很快这个信念开始动摇，因为船开始倾斜。而当我看到为数不少的男男女女在甲板上聚集起来，并且都穿上了救生衣时，我才真正意识到我们处在了可怕的危险之中。直到这时我才想起在 C 层头等舱房里的丽兹白和卡斯帕。我花了一点时间才找到正确的走道，又费了点劲找到 52 号。这时候已经没时间讲什么礼节了，我用力捶门，叫喊他们的名字。片刻之后斯坦顿先生出现在我面前，脸色苍白而焦虑。他穿戴整齐，已经套上了救生衣，其他家庭成员也一样。

他们看着我，仿佛看着一个外星生物。我脱口而出："我偷渡了。"这是我能解释的全部内容，现在没时间说其他的，其他的事都不重要。

"我们要沉了吗？"斯坦顿夫人问我。她显得十分冷静克制。

"我不知道。"我说，"我觉得应该不会。但我觉得我们应该到甲板上去。"

斯坦顿夫人开始收拾她的包。

"亲爱的，我们不能带任何东西。"斯坦顿先生用温柔而坚定的语气对她说着，从她手里拿走了那个包。

"可是这些东西太珍贵了，我母亲的项链，还有我的照片。"她喊道。

"你和丽兹白才是最珍贵的。"他轻声说。他转向我:"约翰尼,你来照顾丽兹白。"丽兹白已经悄悄牵住了我的手,她的手一片冰凉。她看着我,眼里满是困惑,看起来还没睡醒。直到我们要离开舱房时她才开始弄明白发生了什么。她突然抓住她父亲的胳膊:"爸爸,卡斯帕怎么办?我们不能把卡斯帕留在这里。"

"所有的东西都得留下,丽兹白,所有的东西。"斯坦顿先生十分坚定地对她说,"跟紧我。"要跟紧他并不容易,因为现在走道里和舷梯上都挤满了人,很多人还拖拽着沉重的箱包。丽兹白还在不停地念叨着,不过现在是对着我:"卡斯帕怎么办?我们不能把它丢下,约翰尼,我们不能这样。看那些人,他们都拿着包,他们都把东西带上了。求求你了。"她一直拼命拖住我,但我知道我现在没法说什么话安慰她。我只能紧闭着嘴,拉着她往前走。

当我们来到艇甲板，呼吸到冰冷的空气时，我才意识到这艘船明显倾斜得更厉害了。甲板上堆放着几十个邮袋，四处都是被丢弃的行李。救生艇被放了下来，有乐队在演奏。人们三五成群地聚在一起，挤作一团抵御着寒冷，有的人身上还披着毛毯。大多数人安静地站着，耐心等待。

我认出了莱托勒先生，就是我在船长办公室见过的那位高级船员。他在甲板上四处走动，组织人群，传递冷静的情绪，向每个人解释一会儿让女士和孩子们优先，等所有女士和孩子都安全登上救生艇，男士们就能离开了。当他走到斯坦顿夫人面前，告诉她现在可以上救生艇了时，斯坦顿夫人却紧紧地靠着她的先生，拒绝了。

"我不会离开我的家人，"她说，"我们要在一起。如果这是上天的安排，那我们就死在一起。"

斯坦顿先生温柔地抓住她的肩膀，深深地看进她的眼睛里，他用近乎耳语的轻柔语气对她说："你得带丽兹白走，亲爱的。按那位船员说的做，到救生艇上去。我和约翰尼·特罗特随后就到，我向你保证。去吧，亲爱的，快去。"

就在这时丽兹白突然挣脱我的手，跑了出去。我瞬间就明白她是要去找卡斯帕。我立刻追上去，在舷梯顶上抓住了她。她拼命挣扎，但我抓得死死的。"我不能把它留下！"她大喊，"我不能！我绝对不会的！"

"丽兹白,"我说,"听我说。我必须把你送上救生艇,它很快就要开走了。你得跟你妈妈一块儿走,你得自救。把卡斯帕留给我,我会找到它,我会救它。"

她看着我,眼里满是希冀:"你保证吗?"

"我保证。"我告诉她。

"那你呢,约翰尼,你怎么办?"

"我会没事的,救生艇有很多艘。"我说。

等我们回到栏杆边的时候,那艘救生艇已经几乎满员,正准备下水,但我看得出要把它放下去是件十

分费力的事。在斯坦顿先生和一名水手的帮助下，我们帮丽兹白和她妈妈登上了救生艇。然而那艘救生艇仍然放不下去。一名船员正在用他的小刀割绳索，一边割一边咒骂着，而当他不小心把刀子掉进海里后，他就咒骂得更大声了。有几艘救生艇已经下水了，正划离"泰坦尼克号"。我瞥了一眼船尾，发现它比之前翘得高了很多。我能感觉到这艘巨大的船正沉向大海。

　　这时我捕捉到了丽兹白的目光，她在期待着我去做那件事，现在就去做。我知道我再不离开就晚了。我得立刻让她看到，只要我能，我就一定会遵守我的诺言。我转向站在我身边的斯坦顿先生，"我去接卡斯帕，"我说，"很快就回来。"他在我身后大声叫我回去，但我没有理会他。

　　到这会儿，甲板上全是男

人，都被圈在一起。船员
们拉起一道人形警戒线，
把他们拦住，好让最
后一批女人和小孩
登上救生艇。然而
没有人推挤，也

没有人冲撞。我在他们中间看到了几十个添煤工伙计，他们大多数身上还沾着煤灰，乌漆麻黑的，但都异常安静。在我努力挤开人群往回跑时，有一个伙计冲我大叫："你应该去救生艇上，小约翰尼，你也只是个长得高点的男孩。你年龄够小了，你有权先走。"

舷梯上挤满了往甲板上去的乘客，一些年纪更大、身体更孱弱的人还穿着睡衣。一个正帮助他们的水手企图阻止我下去。"你不能去，下面现在到处都是水，整艘船很快就会被淹没。"我躲开了他。"蠢货！"他在我身后大吼，"真是个十足的蠢货！你下去就再也上不来了！"我没有停下。

在错综复杂的走道中迷了一阵路之后，我终于找到了 C 层那条正确的走道。这下我明白了那个水手是对的。海水已经有脚踝那么深，并且在持续上涨。当我打开 52 号舱房的门时，我看到地毯已经完全被水淹没了。我四处张望，发了疯似的寻找卡斯帕的身影，但哪儿也找不到它。还是卡斯帕自己告诉了我它在哪儿，它在衣柜顶上朝我叫。我四处找装它的野餐篮子，但没找到。我上前去把它从衣柜上接下来，紧紧地抱在怀里。然而那一瞬间，就在我要走出房门时，我的头脑飞快地转动，促使我从离得最近的床上一把抓起了一条毛毯。在穿过走道往回走的途中，我用毛毯把卡斯帕包裹起来，不是为了抵御寒冷，而是为了防止它抓我，因为我知道，即使它现在还没有感到害怕，但很快就会的。

然而在我跑过走道时，我开始想到毛毯还能起到另一个作用，一个更为重要的作用。我推测，如果一件行李都不被允许带上救生艇，那他们也一定很难接受一只猫。因此，当我再次来到甲板上时，我已经用毛毯把卡斯帕严密地包裹住，而这时它又开始叫起来。

"拜托了，卡斯帕，不要大惊小怪的。"我悄声对它说，"保持安静，不要乱动，你能不能继续活下去就看这一下了。"

　　我从添煤工中间挤过去，又钻过船员组成的警戒线，当看到那艘救生艇还没被放下去时，大松了一口气。可是接下来，一位戴大檐帽的高级船员突然出现在我面前，挡住了我的去路。"你不行，小伙子，在所有女士和孩子都安全离开之前，男人都不能上船。"他抓着我的肩膀说，"我不能让你过去。不能让你

上船。"

"他算不上男人。"有人在我身后大喊，"他就是个孩子，你看不出来吗？"我身边的那些添煤工突然吵闹起来，要求他对我放行，他们开始愤怒地推搡围成一圈拼命拦住他们的水手们。我能看出那个高级船员被人群突然爆发的怒气震惊了一下，他开始犹豫。

我看到了我的机会。"我不是要上船。"我对他说，"我只是去帮一个孩子拿了条毛毯，她是我的朋友。没有这床毯子她会冻死在外面的。"我依旧觉得他是不会让我过去的，要是斯坦顿先生没有走上前来为我担保的话。

"没关系的。他是我儿子，"他对那位高级船员说，"毛毯是拿给他妹妹的。"我过去了。斯坦顿先生紧紧地抓住我的腰，我将身体倾过栏杆，把毛毯和奇迹般安静的卡斯帕一起递到了斯坦顿夫人伸出的双臂里。

"小心点。"我尽量意味深长地告诉她。她一从我这儿接过毯子就知道卡斯帕在里面。她抱着它坐回船上。我看到丽兹白在对我笑，她一定也知道了。

呼救信号火箭冲上天空，照亮了我们四周的海面，也照亮了散落在开阔海面上的白色小船，每一艘白色小船上面都挤满了女人和小孩。

我记得我当时在想这一切多么美啊，同时又在想为什么这么可怕的场景会这么美。在我们身后，乐队依然在演奏，在乐声中载着丽兹白的船终于降到了水面上。我和斯坦顿先生并肩站着，看着它慢慢划远。"约翰尼，你做了一件很高尚的事。"他把手搭在我的肩膀上说，"老天会守护他们的，我相信。而我们，很快也会有一艘小船带我们离开。莱托勒先生说他们看到了另一艘船的灯，离我们不超过 5 英里[1] 远。'卡柏菲亚号'，它会过来的。他们一定能看到这些呼救

---

1. 英里，英美制长度单位。1 英里 = 1.609 千米。

火箭。他们很快就会来了。与此同时，我觉得我们应该来帮助这些女士和孩子，你觉得呢？"接下来的1小时左右，我们就忙于这件事，帮女士和小孩登上救生艇。

当我现在想起来时，我仍惊叹于我当天晚上见证的那些无畏之举。我看到一位美国女士，和她姐姐一起等着上救生艇，却被告知那艘救生艇上已经没有空位了。她没有表示任何反对或抗议，仅仅是往后退了退，然后说："没关系，我可以坐下一艘。"我再没见过她。我看到没有一位男士企图挤上救生艇。作为男士，他们都接受女士和孩子有绝对优先的权利。我后来听说，在船的右舷，有几个男人曾想冲上一艘救生艇，枪声在他们头顶上响起才把他们逼回去。但我从不曾亲眼见到。

那天晚上有很多位英雄，但我记得最清楚的一位是莱托勒先生。他出现在每个地方，冷静地确保每艘

救生艇安全地降到海面，然后指定一位水手去划船。至今他的声音仍在我的脑海回荡。"往下放，再往下放。还有女士没有上船的吗？还有女士没有上船的吗？"我记得，是一位等候的男士回答了他。

"没有女士了，先生。但还有很多男士，我看救生艇不多了。"

到这时我们每个人才意识到一件事，那就是很难有余下来的救生艇带我们走了，由于船身已经严重倾斜，剩下的救生艇中有很多没法用了。当我看到海水漫过船头，沿着甲板冲向我们时，我明白我们活下去的机会正在飞速地消逝。和其他很多人一样，我绝望地在海平面上搜寻着"卡柏菲亚号"的影子。我们都清楚，它是唯一可能赶来救援的船。可是大海一片漆黑，一点灯光都没有。

"泰坦尼克号"正在飞快地沉没，而我们现在知道了，我们也会随它一起沉下去。时间每过去一分，

船体就向左舷倾斜一分，预示着我们向生命的尽头又近了一分。甲板倾斜的角度已经大到我们几乎都无法站稳了。莱托勒先生的声音又响了起来："所有乘客到右舷去。"

于是，我和斯坦顿先生往那边跑去，跌跌撞撞，相互搀扶，直到来到右舷的栏杆边，紧紧抓住它们。我们在这里眺望着大海，平静地等待我们的结局。已经没有什么能做的了。"我想说,"斯坦顿先生把手搭在我的肩膀上,说,"约翰尼·特罗特,如果我今晚就要死了,又不能和我的家人死在一起,我很高兴是你陪在我身边。你是一个非常不错的年轻人。"

"海里会很冷吗?"我问他。

"恐怕是的。"他回答我,"不过别担心,那也是好事,对我们俩来说,会结束得更快一些。"

"祝你们好运，老天保佑你们"

极其幸运的是，最后一艘救生艇被放下海时，我和斯坦顿先生正好就在艇甲板上。这艘不是那种大型的木质救生艇——那些救生艇都已经划走了——而是一艘帆布边的船，大约 20 英尺，或者更长一点，船体是圆形的。这艘小船存放在一个烟囱下，几个男人正用力把它往下拉到甲板上，

其中有两名船员。他们中的一人冲我们大喊："这是
最后一艘救生艇了，这是我们最后的机会。我们需要
更多人手！"蹚着已经齐腰深的水，我和斯坦顿先生，
还有其他十几个人一起，尽我们所能地帮他们把这艘
救生艇举起来，送到栏杆外面。我们所有人都清楚，
这是我们大家最后的机会。我们拼尽全力、竭尽所能
地想让这艘救生艇下水，可是它对我们来说实在太沉
太重了。我们人手不够，很快每个人都筋疲力尽。我
们无法做到。"泰坦尼克号"的呻吟声和喘息声环绕
着我们。它的船头在下沉，沉得很快。

我抬起头，看见一个巨浪沿着甲板向我们滚来。
后来证实了这是一个幸运的巨浪。它将救生艇推下了
海，而我们紧随其后。冰冷海水的冲击赶走了我全
身的呼吸，让我感到窒息。我记得我疯狂地向远离
大船的方向游，然后一回头正看见一根巨大的烟囱
断裂开来，朝我这边落下，像一棵倾倒的参天大树。

当它砸进水里时，我感觉自己被吸了下去，并且被卷进了一个漩涡。这个漩涡非常强劲，让我觉得自己一定会被拖到船底去。我能做的只有闭紧嘴巴，睁开眼睛。

忽然，我看见斯坦顿先生就在我上方，他被一根绳索缠住了，正拼命踢腿想要挣脱出来。就在这时，奇迹般地，我发现自己从漩涡里脱身了，我可以游到他那里去。我帮他摆脱了绳索，然后我们一起努力向着海面有光的地方游去。我不知道我们现在在多深的地方，我唯一知道的就是我一定要拼尽全身力气往上游，而且

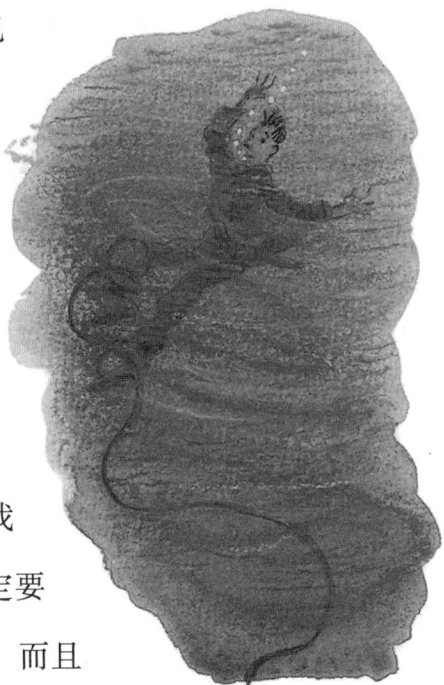

不要呼吸，不要张开嘴巴。我那天晚上学到的和每一个溺水的人在临死时学到的一样，就是最后他们都不得不张开嘴想要呼吸，而这就是他们会溺水的原因了。当我最后不得不喘口气时，海水涌了进来，呛住了我，不过就在这一刻我冲出了海面，噗的一声，把呛进肺里的水咳了出来。斯坦顿先生就在我附近，呼唤着我。我们看到了不远处翻过来的救生艇，便向它游去。很多尸体漂浮在水面上，像是有数百具。寒冷使我的腿抽筋，耗尽了我仅有的一点力气。如果我无法到达那艘救生艇，如果我无法离开水里，很快我就会变得毫无生气，就像我周围的那些尸体一样。为了保住性命，我得继续游，不能停下。

当我们到达那儿时，已经有其他的幸存者爬上了救生艇，而我也看不出还有多余的空间容纳我们了。但还是有很多只救援的手伸向我们，把我们俩都从水里拖了出来。我们来到他们中间，半站半靠在翻过来的船体上，紧紧地依偎在一起。直到那时，我才真正开始体会到我所经历的这场悲剧的恐怖。溺水者的尖叫声和哭喊声围绕着我。我最后看了一眼巨大的"泰坦尼克号"，它的尾部已经基本与海面垂直了，正滑向大海深处。当它消失后，留给我们的只有这场可怕的灾难撒下的遍布海洋的残骸，以及那些持续不断的悲惨哭号声。我们周围的海里还有很多人，每一个似乎都正朝我们游来。很快我们就会不堪重负，只能让他们离开。我们对所有游到附近的人嘶声大喊着这里已经没地方了，而这是真的、可怕的事实。

这艘救生艇的承受能力已经达到了极限。我们已经往下沉了一些，如果再让一个人上来，我们所有人都会丢掉性命。让我永远难以忘怀的是，即使是在那样绝望的境地下，很多游过来的人似乎完全能理解这个情况，并且接受了它。其中有一个人——我

认识他，他也是一名添煤工，我和他一起干过活——用他因寒冷而颤抖的声音对我们说："没关系，伙计们，祝你们好运，老天保佑你们。"说完他就游走了，从那些尸体、椅子和板条箱中间游过，然后看不见了。

我再也没有见过他。

我将带着这份负罪感直至进入坟墓，为我们对这个男人还有其他很多人做的事。和许多幸存者一样，我总在我的梦里重回那个晚上、那片辽阔的海洋，一次又一次。我和斯坦顿先生也不怎么交谈了，我们都忙于消化自己的恐惧和不确定，只是要活下去就耗费了我们全部的精力。但我们并肩承受着这一切。我知道对我来说，是回忆让我一直在坚持。我想，在那个晚上，我把自己的大部分人生又重过了一回，我再一次见到了住在火柴盒里的蟑螂哈利、戴着鸵鸟羽毛帽子风风火火走进萨沃伊酒店的坎金斯基伯爵夫人、她在歌剧院鞠躬的那个晚上、蜷在钢琴上听她唱歌的卡斯帕、丽兹白喂卡斯帕吃小牛肝时露出的笑容、萨沃伊酒店屋顶上的丽兹白、坐在救生艇里的丽兹白和她的母亲，还有藏在毛毯里的卡斯帕。

包围着我们的大海变得沉默而空荡。不再有求救的哭喊声，不再有留给母亲的遗言，不再有向上天的祈祷。我们搜寻着，我们一直没有停止在海平面上搜寻另一艘船的灯光，期望着它能带来营救我们的希望。到这时，我们的救生艇已经漂离了其他所有船只，也漂离了散落在海洋中的所有残骸。我们很孤独，也很无助。大部分时间里我们是沉默的。

对我们所有人来说，那天晚上不断增长的恐惧来源于大海本身。大船沉下去时，大海还是完全平静的，自我们离开南安普敦以来，它没什么两样。但是现在，我们都能感觉到一个巨浪正在形成中，我们也都清楚，只要风浪一起，我们脆弱的小艇一定会带着

我们一起沉没。睡觉也是危险的。已经有一位年迈
的乘客仅仅因为睡着就滑进了海里，甚至没有挣扎
就沉了下去。我目睹了他的离开，很快就知道我也
可能这样离去。我并不惧怕死亡，不再怕了。我只
想结束这一切。我时常滋生出一种难以抗拒的愿望，
要是没有斯坦顿先生把我摇醒的话，想就这么睡过去
算了。

　　也是斯坦顿先生第一个看见"卡柏菲亚号"的
灯光的，他用沙哑的声音大喊着告诉我们。起初有些
人还不相信，因为起伏的海浪时不时地挡住了那些灯
光，但很快他们就确信无疑了。一股巨大的喜悦涌
上我们每个人的心头，赋予了我们新的力量和新的
决心。我们没有人欢呼，但当我们看向彼此时，我们
可以勉强挤出一个笑容。我们知道我们有机会活下去
了。对我们来说，那就是希望之光、生命之光，驱走
了绝望的黑暗，还有寒冷带来的痛苦。斯坦顿先生环

住我的肩膀。我知道他所希望的一定和我所希望的一样，他的夫人、他的女儿，还有卡斯帕，或许都已经在"卡柏菲亚号"上，安全无虞。

我们当时并不知道，我们是最后一批被救上"卡柏菲亚号"的幸存者。我在斯坦顿先生前面登上

绳梯。我的双腿太过虚弱，以至于我在攀登的过程
中时常怀疑自己不能爬上去。我可以看见我的双手
正抓着梯子，但我感觉不到它们的存在。让我往上
爬的不是力气，而是求生的愿望。最后我和斯坦顿

先生，还有那艘救生艇上的所有人都被带到了温暖的地方，换上了干衣服，裹上了毛毯。我们坐在那儿，喝着温热甘甜的茶。从那以后，那就成了我最爱

喝的饮料。

　　船上一片混乱。这不是谁的错。"卡柏菲亚号"的船员已经尽了他们最大的努力，但他们确实是应接不暇，尽力应对各种事情已经够他们忙的了。不管我们问谁，好像没有人能给出某个人的确切消息。我们被告知，幸存者名单还在整理中。

　　斯坦顿先生反复地向水手们询问他家人的消息，但没有人对他描述的人有印象。这艘船上的每一名获救者都在找人。不少人已经得知了最坏的消息，沉默地坐着，陷入了悲伤。欣喜的团聚却不多见。我们怀着恐惧和希望一直寻找着丽兹白和斯坦顿夫人还有卡斯帕的身影。我们从船头搜寻到船尾，哪儿也没见到他们。我们发现甲板上躺着很多尸体，用毛毯包裹着。我们也去一一查看了。我从一个小女孩身边经过，和丽兹白差不多的年纪，一开始我很肯定是她，结果并不是。

我们找遍了所有能想到的地方，一遍又一遍地问着相同的问题。到最后我们仅剩一丝希望，他们也许还在海里，在他们的救生艇里。我们两个人来到船栏杆边，可我们能看到的漂浮在这艘船周围的救生艇都已经空了。我们扫视着四周的大海，搜寻着海平面。什么也没有。就在极度绝望的一刻，我们听到了一声猫叫。我们转过身，他们都在那儿，他们仨，裹着毛毯，只露出了他们的脸。对我们所有人来说，这都是一场充满奇幻色彩的团聚。我们在甲板上站了好几分钟，抱成一团。在那样的时刻，我第一次真正觉得我在某种意义上成了他们当中的一员，成了这个家的一分子。

我们和其他幸存者一起挤在一间舱房里，睡醒了就聊天，聊累了就再睡。丽兹白和她的母亲告诉我们，他们能活下来，多亏了一位不会讲英语的日本男士和一位勇敢的法国女士，很幸运她既会日语又会英

语，可以当翻译。通过她，那位日本男士得以清晰地
告诉每个人，他们都应该像他一样，都要划船。只要
划船就能保暖，他说只有保暖才能活下去。他们按他
说的做了，整晚都在轮流划船。就连丽兹白也划了，
她是坐在那位法国女士的腿上划的。斯坦顿夫人说，
因为那位了不起的男士提出的办法，他们中没有一个
人冻死在船上。他的办法和他的乐观让所有人振奋起
了精神，一起度过了这个他们生命中最漫长、最寒冷
的夜晚，而当他们抵达"卡柏菲亚号"时，他是最后
一个离开救生艇的。

　　她还在讲的时候我就知道那一定是"小火柴"。
我立刻就去找他，没多久就看到他一个人待在栏杆
边，眺望着空旷的大海。我们就像老朋友一样相互问
候，这是自然的，经历了这一切之后，我们肯定会成
为老朋友。几天之后，我和"小火柴"一起登上甲
板，看着"卡柏菲亚号"缓缓驶入纽约港。那是我们

第一次看见自由女神像。他带着一个大大的笑容转向我，只说了一个词："美国！"

新生活

　　我和卡斯帕就是这样来到美国的，我们是偷渡客，也是"泰坦尼克号"的幸存者。当"卡柏菲亚号"在纽约靠岸后，我们一起走下了步桥，斯坦顿一家、卡斯帕和我。斯坦顿先生和移民局进行了一次"讨论"，他是这么说的，然后我就被允许和他们一起住在他们格林尼治村的房子里。

他们从一开始就把我当作他们中的一分子对待，告诉我不要再叫他们斯坦顿先生和夫人，不要再称呼"先生"或"夫人"，从现在开始就叫罗伯特和安。起初我觉得改口十分困难——毕竟旧习难改——但过了几周后就自然多了。

然而不久丽兹白就病了，病得很严重。那晚大海上可怕的寒气进入了她的肺，让她得了肺炎。医生成了常客，他总是沉默寡言，很难缓解我们的焦虑。卡斯帕在丽兹白生病的整个期间都陪在她身边，几乎没有离开过她的床。我们其他人也轮流陪着她。直到一天早晨，我走进她的房间，看见她坐了起来，把卡斯帕抱在她的腿上，朝我微笑。那个阳光的她回来了。但那之后的一段时间，她仍然得待在自己的房间里休息，不过她并不介意，一点也不。

丽兹白声称一定是卡斯帕把幸运带给了我们大家。她说是因为卡斯帕，那天晚上在救生艇里他们才

活了下来，也是因为卡斯帕，她
的肺炎才得以痊愈。

我们为此有过一次
激烈的争论。虽然
我爱卡斯帕不比她
少，但我从不迷信。我告诉
她，那你也可以说一开始就是卡斯帕带来了厄运，最
可怕的厄运，一开始就是因为卡斯帕上了"泰坦尼
克号"，船才沉没的。"这说不通。"丽兹白反驳道，
"'泰坦尼克号'是因为冰山才沉没的，不关卡斯帕的
事！"我想就是那时我发现了，如果之前我还没有意
识到，我永远不可能在与丽兹白的争论中获胜，无论
如何，最后总是她说了算。

在丽兹白恢复的那段时期，当她还不被允许到
屋外去时，我对罗伯特和安的了解增进了许多。我花
了很长时间才在单独和他们相处时完全放松下来，我

想他们应该也感觉到了。他们主动提出要带我出去度过一段美好的时光，带我去看纽约。我们登上了帝国大厦，参观了自由女神像和动物园——所有这些都让丽兹白十分嫉妒。有一次我们还去了长岛的一片沙滩上捡马蹄蟹壳。最棒的是，我在中央公园跟安学会了骑马。她基本上每天都带我去骑马。我以前从没骑过马，有很多东西要学，但安总是鼓励我。"你骑得真不错，约翰尼，"有一次她对我说，"就好像是在马鞍上出生的一样。我为你感到骄傲。"事实上是我喜欢和他们待在一起，无论做什么都可以。这是我第一次觉得自己像一个儿子，有我自己的爸爸和妈妈，而且他们比我曾经想象的都要好。我度过了我一生中最快乐的时光。

晚上，我会待在丽兹白的房间。如果卡斯帕没睡觉，我就陪它玩；如果它睡了，我就跟丽兹白学下国际象棋。尽管我从来没有赢过丽兹白一局，但我还是

喜欢下国际象棋。卡斯帕和我一样，在
这个地方过得很舒心。它很快就占领
了客厅的钢琴，把那里当作自己
的地盘。这幢房子里的每一个
人，从丽兹白的家庭教
师到所有的仆人，都
非常喜欢它，它简直不
能更快活了。只有一片乌云
笼罩着我——我知道这样美好的日子迟早有一天要结
束，我迟早要离开这里。我多么害怕那一天到来啊。

几个月后的一天晚上，我被叫去客厅，看到这
一家人整齐地站在壁炉前。丽兹白穿着她的睡袍。卡
斯帕坐在钢琴上，摆动着它的尾巴。丽兹白神神秘秘
地看着我——显然她知道一些我不知道的事。而另一
边，她的父母看起来严肃而僵硬，就像我第一次在萨
沃伊酒店见到他们时一样。是了，我心想，他们是时

候该告诉我时间要到了，我必须得回伦敦了，回去继续当萨沃伊酒店的侍应生。

罗伯特清了清喉咙，他准备发表演说了。而我也准备好接受最坏的消息。"约翰尼，我们三个人共同做出了一个决定。"他开始了，"你知道我们非常高兴你作为客人和我们一起住在这里。丽兹白告诉了我们你回英国会面临的处境，你在那里无家可归……"他迟疑了一下，安便接着他的话说了起来。

"约翰尼，我们要说的是，经过这么多事，我们都非常了解了，你是一个很不错的年轻人，我们希望你能考虑一下别回伦敦了，如果你愿意就留在这里和我们一起，把纽约当成你的家。你能成为这个家的一员我们会非常自豪。你是怎么想的呢？"

我记得丽兹白和卡斯帕一起盯着我，等着我说些什么。我花了一点时间——不是用来做决定，而是用来平复我的惊讶，找回我的声音。

"噢，快点，约翰尼·特罗特，说好的，求你了。"丽兹白叫起来。

"OK！"我回答道——这是我在纽约学到的一个新口语。我已经完全不知所措了，当时只想到这个词。但这已经足够了。接下来每个人都上来拥抱了我，我们还一起哭了一小会儿，除了卡斯帕，它独自待在钢琴上，忙着给自己舔毛。

就这样，凭借着从天而降的好运，我有了一种新生活、一个新家和一个新的国家。他们送我去上学，刚开始我并不怎么喜欢。我觉得该学的我都已经会了——我也从来都不是很擅长读书写字之类的事情。但罗伯特每天晚上都读故事给我们听，因为他，我对书本的兴趣比以前大了很多。渐渐地上学就变得轻松多了，有时甚至感觉很有意思。一开始他们还有点取笑我的伦敦东区口音，这让我觉得有点孤单。但后来有人说了我是"泰坦尼克号"的幸存者，那以后我就有了很多交心的朋友。我们会驾着"亚伯·林肯号"
去缅因州度过漫长的夏天。丽兹白和我会去小树林里
散步，去钓鱼，而不管我们去哪儿，卡斯帕都跟着我
们。那些日子真是太棒了，足够我记一辈子。

　　我本来要去上大学的，去弗吉尼亚州的威廉与玛
丽学院[1]，罗伯特就曾经是那里的学生。但我最终没有
去。第一次世界大战的战火开始在欧洲蔓延，我的故
国正为它的存亡而战。所以在1917年美国派军去法
国作战时，我加入了他们。猜猜行军去前线时走在我
旁边的是谁？是"小火柴"。我们一起回忆起多年前
我们在"泰坦尼克号"和"卡柏菲亚号"上的时光，
从那时起我们就成了最好的朋友。

　　我在前线时每周都会收到丽兹白寄来的信，她那

---

1. 威廉与玛丽学院，得名于英格兰国王威廉三世和玛丽二世，
创立于1693年，是美国历史第二悠久的高等院校，建校时间
仅晚于1636年建立的哈佛大学。

时正在寄宿学校念书。我期盼着她的每一封来信，因为从她的字里行间我能听到她的声音，看到她的面容。在我身处法国时，环绕着我的除了恐惧和死亡再无其他，只有她的来信能带给我难以形容的鼓舞。有时丽兹白会随信寄来几张小小的速写，有一次画的是卡斯帕，它坐在那儿看着我，仿佛在盼着我回家。我把这幅画贴身收在了我军服的口袋里，与一张我和她在缅因州海滨的合影放在一起。后来，战争结束后，丽兹白总说是卡斯帕的画像护佑了我的平安，把我带回了家。我不太确定是这样，但她坚持把那幅画用相框裱好，放在了前厅最显眼的位置。当周围没人时，我有时也会去摸摸它，所以我想我还是有些迷信的，只不过我不会对丽兹白承认这一点。

战争一结束，"小火柴"就和我一起到罗伯特经营的出版公司工作了——他这时已经成了这个家庭很要好的一位朋友。我们一起在地下室里的包装间工作——罗伯特说学习经营必须从底层开始。所以我们就这么做了。于我而言，图书成了我生命的一部分。我不只打包它们，我还如饥似渴地阅读它们，很快我便开始写作自己的故事。在我写作时，丽兹白就待在她阁楼的工作室里，画画或者雕刻，她的作品大多是动物。在缅因州度假时，我们也不再爬树或跳水玩，她会带着速写本坐在海滨的岩石上，我就在附近随意写点什么，而卡斯帕会在我们之间来回溜达，提醒着我们它也在这儿。我们时常聊起在伦敦的时光，聊起弗雷迪先生和"骷髅头"，聊起那场伟大的屋顶营救。她不止一次地说如果能回去看看该多有趣啊，可我没想到她是认真的。

在她 17 岁生日的前夕，她向我们宣布她已经这么大了，不应该再收生日礼物了；相反，她打算送我们一样东西，假如我们不介意把这样东西送出去的话，她补充道。我们都没明白是怎么回事，直到她把我们带到前厅。然后我们就看见了它。那是一座让人惊叹的卡斯帕的雕像，就摆在桌子上。它的脖子微微弓起，尾巴卷在身前，和战争期间丽兹白寄给我的那幅众所周知的速写一模一样。"我用白蜡木雕的，"她说，"然后刷上黑漆。你们知道我想做什么吗？我想把它带回伦敦，送给我们住过的那家酒店，那是我们遇见卡斯帕和约翰尼的地方。我希望它能永远留在那里。那里是卡斯帕的家。卡斯帕也可以一起去。它可能年纪大了，但它的身体还很好。怎么样？"她朝我们露出明媚的笑容，"我们什么时候出发？"

我们6个月后出发了，"小火柴"也和我们一起。我们想要他一起来，想让他看看那个发生一切的地方，

看看整个故事开始的地方，这个故事永远地改变了我们所有人的生活，而他也是这个故事的一部分。也有许多可怕的回忆，但我们把它们留给了自己，我们从不提起"泰坦尼克号"。事实上，这些年我们都很少提及"泰坦尼克号"。那场海难使我们紧密地联系在一起，也让我们和没有经历过的人产生了距离，但我们却很少在我们之间谈论起它。如今我们又一起回到一望无际的大西洋上，直面我们的恐惧，从彼此的沉默中汲取力量。

弗雷迪先生在萨沃伊酒店的大门处迎接我们，而当我们走进酒店时，所有的职员也正等着欢迎我们。在他们的掌声中，卡斯帕在篮子里叫了一声，于是我将它抱了出来，让大家看看它。它喜欢被所有人注目，说实话，我也喜欢。玛丽·奥康奈尔还在这儿，她现在是总管家了，就是之前"骷髅头"那个位置。她为安献上一束巨大的红玫瑰，然后抱住我，在

我的肩膀上大哭。而那个领我们上电梯的侍应生，是个在伦敦东区长大的小伙子，就像那时的我，穿着一样的制服，帽子戴得很时髦，就连歪的角度都一模一样。他带我们去了坎金斯基伯爵夫人住过的套间，从窗户上看出去，还能远远看到泰晤士河从议会大厦前流过。卡斯帕立刻就找到了家的感觉，它回到它在钢琴上的位置上，兴致勃勃地舔起了毛，比我见过的任何时候都开心。

那天剩下的时光，它都躺在照到窗台上的阳光里睡觉。最近它总是会睡很长时间。

第二天上午，我们在美国吧门外举办了一个揭幕仪式。让丽兹白高兴万分的是，每个人似乎都很喜爱那座雕像，就像他们喜爱卡斯帕一样。它也出席了仪式，但在演讲的时候走开了。我看到了它离开，它边走边摇晃着它的尾巴。那是我最后一次见到它。它就这么消失了。我们所有人把酒店搜索了一遍又一遍，从地下室到阁楼过道都没有放过。它没在任何地方。

大家都知道，年老的猫在准备好了以后会自己找地方死去。我想——丽兹白也这么想——卡斯帕就是这么做了。我们很伤心，这是必然的。是它把我们联系在了一起，是它和我们一起活了下来，现在它却走了。但从某种意义上说，它没有走。我是这么对丽兹白说的，为了安慰她。它还骄傲地坐在美国吧的门口。只要你愿意，随时可以走过去看它。它仍然在那里，看起来对自己很满意。它也应该满意，毕竟，它是卡斯帕·坎金斯基王子，猫王子，莫斯科、伦敦和纽约公民，并且据每个人所知，它是沉没的"泰坦尼克号"上唯一幸存下来的猫。

后来……

大约在拜访伦敦 1 年后，我们收到了弗雷迪先生

的来信。

亲爱的约翰尼和丽兹白:

我写信来告诉你们一件奇怪的事。有好
几位客人说在深夜看见一只黑猫在走道里溜
达。一开始我没留心,但它发生了太多次,
所以我想我应该告诉你们。就在昨天,一位
住在你们房间,就是坎金斯基伯爵夫人的套
间的女士说,她在镜子里看到一位戴着鸵鸟
羽毛帽子的贵夫人,抱着一只黑猫。我们提

出可以为她更换房间，但她更愿意继续住在那里，她说那些都是善良的魂灵，就像好朋友一样。玛丽和其他人问你们问好。希望你们有一天再来看我们，不要太久。

你们的弗雷迪

后 记

　　我是一名故事侦探，我追寻线索，因为我写作的故事需要证据。那么，卡斯帕的故事背后的证据是什么呢？

　　1 年前，我被邀请去伦敦的萨沃伊酒店做常驻作家，要在萨沃伊酒店住 3 个月，并且举办一些文学活动。我和我的妻子克莱尔拥有一张像爱尔兰那么大的床，并且每天早晨都眺望着泰晤士河享用早餐。酒店里的每个人都十分友好。我们享受着王室一般的待遇——这感觉简直太棒了！

　　而后有一天，在美国吧旁边的走道里，我遇见了卡斯帕，那只萨沃伊猫。它坐在一个玻璃罩子里——是一尊巨大的黑猫雕像——非常优雅，非常高傲。我询问了很多人，就像侦探通常所做的，然后得知了它为什么会在那里。

差不多 100 年前的一天，有十三个人在萨沃伊酒店坐在一起共进晚餐。他们中的一个大声地嘲笑了十三是个不吉利的数字这种说法，说这完全就是胡说。仅仅几周后，他被射杀在南非约翰内斯堡他自己的办公室里。从那以后，萨沃伊酒店决定他们再也不会允许十三个人一起吃晚餐，桌子边一定要有十四张椅子，而在第十四张椅子上，会坐着一只特别雕刻的幸运黑猫。它被称作卡斯帕。

这是我的第一条线索。

我的第二条线索是，一天早晨我下楼吃早餐，顺着铺着红地毯的楼梯来到河畔餐厅，当我抬起头时，我突然有种似曾相识的感觉。整个装潢和氛围，让我想起了我看到过的那些"泰坦尼克号"上的餐厅的照片。我当时就知道我的故事会是关于一只叫卡斯帕的猫的，它生活在萨沃伊酒店，并且成为在"泰坦尼克号"的沉没中唯一幸存下来的猫。

但还是在萨沃伊酒店居住和工作的人们给了我最后也是最重要的一条线索。我发现他们来自地球的每一个角落。并且我也很快发现，他们的生活和那些他们照顾的客人的生活大不相同。我想，那时应该就很像这样，在1912年，"泰坦尼克号"沉没的那个时候。

我的证据链完整了。一段梦幻的时光，赋予所有的线索一些意义，就可以开始我的故事了，关于卡斯帕被一位非常著名的女歌唱家——一位歌剧演员，从俄罗斯来的伯爵夫人——带到了萨沃伊……接下来的部分你现在都已经知道了，除非你先读了后记——那样我可是会很生气的！

迈克尔·莫波格